初學記卷第十

錫山安國校刊

中宮部　皇后一　妃嬪二
儲宮部　皇太子三　太子妃四
帝戚部　王五　公主六　駙馬七

皇后第一

敘事 白虎通云天子之配謂之后后者君也天子之配至尊故謂后也案夏殷已前后妃之制其文略矣大率皆稱妃故黃帝有四妃帝嚳四妃正嫡曰元妃已下稱次妃又有禹妃湯妃皆是也並出史記周則天子立后正嫡曰王后秦稱皇帝正嫡曰皇后漢因之帝祖母稱太皇太后母稱皇太后魏晉之後母后之號並遵秦漢其餘嬪御代有沿革矣出漢官及齊職儀

事對 琁宮　玉堂拾遺記曰帝少昊以金德王母曰星娥處琁宮三輔黃圖有玉堂殿侯瑾述志詩曰嫫母升玉堂

金屋　瑤齊漢武帝故事曰帝為膠東王年數歲長公主指問曰兒欲得婦不曰欲得指女阿嬌好不笑曰若得阿嬌當作金屋貯之張華晉武皇后哀策文曰瑤齊无主長去烝嘗追懷永悼率土摧傷

椒房　蘭殿班固西都賦曰後宮則掖庭椒房后妃之室漢官云皇后稱房詩云椒聊之實蕃衍盈升国人美其繁以為興又以椒塗宮室亦取其温煖辟惡氣漢武帝故事曰孝景王后夢日入其懷以乙酉年七月七日生武帝於猗蘭殿

玉階　金戺俟

玄墀　彤庭班固西都賦曰後宮則掖庭椒

房后妃之室合歡層城安處常寧[redacted]君椒風披香發越蘭林蕙
草鴛鸞飛翔之列於是玄墀釦砌玉皆彤庭張衡西京賦曰後
宮則有金戺玉階彤庭
煇煇已上皇后居處
珠珥　金環續漢書曰皇太后皇
后入太廟服紺上阜
下蠶青上縹下隱簪珥珥璫垂珠也俗說曰晉哀
帝王皇后有紫磨金指環至小正可第五指著
褘衣　騩
馬周禮內司服掌褘衣褕狄闕狄鞠衣展衣褖衣褘音火韋
反漢魏故事后親蠶礼皇后著十二笄步摇乗画雲母安
車駕六騩馬
騩京媢反
玳瑁簪　珊瑚玦續漢書曰皇后太后
簪以玳瑁長一尺端
為花勝左右各一横簪之西京雜記
曰趙飛鷰為皇后女弟上珊瑚玦
七華扇　五色環
西京雜記曰趙飛鷰為皇后其女弟昭儀上遺雲母五
明扇七華扇翟羽扇又曰趙皇后女弟上五色玉環
脂澤
田　湯沐邑晉氏要事曰安帝九年右丞張項[redacted]議瑯邪
及湖孰界有皇后脂澤田四十頃參詳以借
貧人漢舊儀曰皇后太后
各食三十縣曰湯沐邑
玉璽金鈕　金根玉輅漢
舊

儀曰皇后玉璽文與帝同皇后玉璽金螭虎鈕董巴輿服志曰
太后太皇太后皇后法駕六御金根車玉輅輦已上皇后章服
流虹　繞電河圖曰帝摯少昊氏母曰女節見火星如虹
下流華渚既而夢接意感生白帝朱宣帝王
世紀曰黃帝有熊氏少典之子母曰附寶見大電光
繞北斗樞星照郊野感而孕二十月生黃帝於壽丘
玄雲入
戶　黃氣滿室易坤靈圖曰其母萌之玄雲入戶蛟龍守
門鄭玄注曰謂慶都天皇之女天帝以玄
雲覆衛王沈魏書曰卞皇后以漢延熹二年生齊郡白亭有
黃氣滿室移日父敬侯怪之以問卜者卜者曰此吉祥也
方
口美髮　日角偃月東觀漢記曰明德馬皇后傳曰后
長七尺二寸青白色方口美髮又
順列梁皇后傳曰永建三年春三月丙申選入掖庭相工茅通
見之矍然驚駭却再拜賀曰此謂日角偃月相之極貴臣所未
嘗見
也
鸞銜石字　人覆玉衣西京雜記曰元后在家
嘗有白鸞銜白石墜后
續筐中后取之自試為二其文曰母天地魏書曰文昭甄后以
漢光和五年十二月丁酉生每寢寐家中髣髴見如有人持玉

衣覆其上父常怪之已上皇后奇相 周配 虞嬪 魏收後魏書曰古先哲王莫不明后妃之制順天地
之德故二妃嬪嬀虞道克昌任姒配周周室用光尚書曰有鰥
在下曰虞舜帝曰我其試哉女于時觀厥刑于二女釐降二女
于嬀汭嬪于虞 翼夏 興嬀 謝承三夫人箴曰降暨三代創業之君亦賴賢妃用佐厥勳塗山翼夏有
莘贊殷後漢皇甫規女師箴曰關雎首化万国承流實有
淑女允作好仇唐媛興嬀文母盛周厥德不回弘濟天由 大
帝之女 俔天之妹 春秋合誠圖云堯母慶都蓋大帝之女生於什維之野常在三河之
東南天大雷電有血流潤大石之中生慶都毛詩大明篇云大
邦有子俔天之妹毛萇注云俔磬也盡也文王以太姒為賢聞
名還卜之既吉盡禮尊敬之如天之有女弟俔口見反 思齊大任 思媚周姜
毛詩思齊篇云思齊大任文王之母思媚周姜京室之婦毛萇
傳曰齊莊也媚愛也周姜太姜也常思莊敬太任乃為文王之
母又常思愛太姜之配太王之禮故能為京室之婦言其德行純備故生聖子已上賢皇后 織室 桑壇

東觀漢記曰明德馬皇后置織室蚕宮於濯龍中數
往來觀視之晉元康儀曰皇后採桑壇在蚕宮西南 分絲
獻繭 蔡邕月令章句曰季春之月后妃齋戒親東向躬桑蚕事既畢分繭秤絲禮記曰孟夏之月蚕事既畢后妃獻
繭于天子 中饋 內則 易曰无攸遂在中饋女史箴曰施衿結褵虔恭中饋謂祭祀飲食之務禮記有
內則篇顏竣皇后廟登歌曰載我聖文奄有四海外刑家邦內貽女則 統六宮 率八妾
魏志曰文德郭皇后將登位中郎校裴潛上䟽曰在昔帝王之
有天下不惟外輔亦有內助是以聖哲預立元妃必取先代名
族之家擇其令淑以統六宮東觀漢記曰永平三年有司奏請
明德馬皇后立長秋宮以率八妾上未有所言皇太后曰馬貴
人德冠後宮遂登至尊 日之有月 天之有地 魏名臣奏曰臣聞帝之有后猶
日之有月也盧植奏事曰后妃者所以郊天祀地祇奉祖宗外
以肅恭明神內以帥正九嬪理陰陽者猶天之有地陽之有陰
已上皇后內職 習詩易 好黃老 續漢書曰明德馬皇后誦易經詩論語略記大義漢

書曰竇皇后景帝母也好黄帝老子之言景帝及諸竇不得不讀老子皆遵其術 **脩母道** **聽女順** 禮記曰后脩女順母道也鄭玄曰母者施陰教於婦也又曰天子聽男教后聽女順天子治陽道后治陰德天子聽外治后聽內職 **衣不擇采** **食不求甘** 續漢書曰和憙鄧后傳云宮省宴會諸貴人競自脩飾極靡麗之服而后獨澹然衣不擇采裝不務飾東觀漢記曰明德馬皇后傳曰太后詔曰吾乃乘之主身衣大練縑裙食不求所甘左右傍人皆无薰香之飾 **外抑宗族** **內無忌刻** 續漢書云孝和鄧后性謙慎兄弟中外皆先帝所寵自攝政之後內撿左右外抑宗族又云順烈梁后立順帝崩冲帝在襁褓太后攝政初章德竇后嫉害恭懷皇后獨生聖嗣陷以非辜家屬坐徙九眞章德后之從父昆弟章女為貴人弟太后並寵章致大位大鴻臚及上晏駕后登至尊章惶怖太后內无忌刻之心遂不以舊惡介意 **不喜觀游** **不存戲弄** 東觀漢記曰明德馬皇后不喜入游觀希常臨御窗望又魏志曰文昭甄皇后自少至長不存戲弄年八歲外有立騎戲馬者家人諸姊皆上閣觀之后獨不行諸姊問之荅言豈女人之所觀也 **不尚華麗** **不好音樂** 王沈魏書曰武宣卞皇后性儉約不尚華麗无文繡珠玉又曰文德郭皇后性儉約不好音樂常慕明德馬皇后之為人已上皇后才能

詩

晉張華中宮歌詩 先王統大業玄化漸八維儀刑孚万邦內訓崇宮闈皇英垂帝則大雅詠三妃含章體柔順率禮蹈謙祗螽斯弘慈惠樛木逮幽微徽音穆清風高義邈不追貴榮希日月舉世仰餘輝

晉成公綏中宮詩 天地不獨立造化由陰陽乾坤垂覆載日月曜重光理国先家道立教起閨房二妃濟有虞三母翊周王塗山興大禹有莘佐成湯齊晉霸諸侯皆賴姬弟姜關雎思賢妃此言安可忘

頌

魏曹植母儀頌 殷湯令妃有莘之女仁教內脩度義以處清謐後宮九嬪有序伊為媵臣遂作元輔

又明賢頌 於鑠姜后光配周宣非義不動非禮不言晏起失朝永巷告愆王用勤政万国以虔

讚

曹植姜嫄簡狄讚 嚳卜四妃子皆為皇帝摯早崩尭承大綱

玄鳥大跡殷周美祥
稷契既生羽化虞唐
又禹妻讚 禹妻塗山土功是急惟啓之生過門不入簪達明義
勲庸是執成長
聖嗣天祿以襲
晉左貴嬪舜二妃讚 妙矣二妃躰應靈符奉嬪于媯
光此有虞沉湘示教靈德
永數惟斯善美諒无泯乎
章 梁江淹為建平王慶皇
后正位章 伏承以嘉月蕙時膺曜宸正翬珩照■揄組在飾休徧函夏譽殷靈昧伏惟光曜靜德式懷謙
順升降圖傳左右詩史夙諳茂資早擒芳訓
衍教紫宸麗軌華屋聲■綺組風偃家邦
後魏溫子昇
魏帝納皇后羣臣上禮章 臣聞軒轅乃神西陵以之作合夏后至聖塗山於是
來嬪伏惟陛下龍飛纘極大明理運長楸既建陰
教有主景命无窮皇圖長固普天之下莫不欣躍
論 宋范
曄皇后紀論 夫以周禮后妃正位宮闈同體天王夫人坐論婦禮九嬪掌教四德世婦主知喪祭賓客
女御序于王之燕寢設官分務各有典司女史彤管記功書過
居有保阿之訓動有環珮之響進賢才以輔佐君子哀窈窕而
不淫其色所以能伏宣述陰化脩成內則秦并取天下多自驕
大官備七国爵列入品漢興因循而婦制莫釐高祖惟簿不脩
孝文衽席无辨然選納尚簡飾玩少華自武元之後世增淫費
至乃掖延三千增級十四及光武中興反彫為朴六宮稱號唯
皇后貴人又置美人宮人采女三等明帝聿遵先旨宮教頗脩
登建嬪后必先令德內无出閫之言權无私溺之授可謂矯其
弊矣孝章以下漸用色授恩崇好合遂忘淄蠹自古雖主幼時
艱王家多釁委成冢宰未有專任婦人斷割重器唯秦芊太后
始攝政事故穰侯權重於昭王家富於嬴国漢仍其謬知患莫
改東京皇統屢絕權歸女主外立者四帝臨朝者六后莫不定
策帷帟委事父兄貪孩童以久其政抑明賢以專其威任重道
悠利深禍速身犯霧露於雲臺之上家嬰縲紲於圄犴之下湮
滅連踵傾輈繼路而赴蹈不息燋爛為期終
陵夷大運淪亡神寶詩書所歎略同一揆
文 齊謝朓
敬皇后哀冊文曰 翠帟舒皇玄堂啓扉組撤三獻筵卷
六衣懷蠶衛以延首想鸞輅而撫心
痛椒塗之先廓哀長信之莫臨身隔兩■時无■旋詔左右
光敷聖善其詞曰帝唐遠胄御龍遥緒在秦作劉在漢開楚肇

惟淑聖克柔克令清漢表靈曾沙膺慶爰定厥祥徽音允穆光華沼沚榮曜中谷敬始紘綖教先穜稑眘問川流神襟蘭郁甫先德韜光君道方被于佐求賢在謁無詖顧史弘式陳詩展義厚下曰仁藏往伊智十亂斯侯四教罔忒思媚諸姑貽我嬪則化自公宮遠被南国軒曜懷光素舒佇德閔予不祐慈訓早違方年沖藐懷袖靡依家臻寶業身嗣昌暉壽宮寂遠清廟虛歸帝遷明命人神胥悅乾景外臨陰儀內缺空悲故劒徒嗟金穴墇璜溪獻緯褕罔設馮相告祲宸駕長往貽厥遠圖末命是奬懷豐沛之綢繆背神京之弘敞陋蒼梧之不從兮遵鮒隅以同壤陳象設於園寢兮映輿鏤於松楸望承明而不入兮度清洛之南遊繼[redacted]綍之逼軌兮接龍帷於造舟迴塘寂其已暮兮東川澹而不流籍閟宮之遠烈聞纘女之遐慶慕方纏於賜衣悲日隆於撫鏡思寒泉之罔極託彤管於遺詠嗚呼哀哉

妃嬪第二

叙事 周禮天子后立六宮三夫人九嬪二十七世婦八十一御妻以聽天下之內治以明章婦順故天下內和而家理鄭注云六宮者前一宮後五宮也五者后一宮三夫人一宮九嬪一宮二十七世婦一宮八十一御妻一宮凡百二十人后正位宮闈體同天王夫人坐論婦禮九嬪掌教四德世婦主知喪祭賓客女御序王之燕寢 漢因秦制正嫡曰皇后其餘內職有夫人美人良人八子七子長使少使之號武帝加婕妤娙五形反娥容華充衣元帝加昭儀又有宮順常無涓共和娛靈保林良使夜者之小職出漢書外戚傳 光武中興並省前制正嫡之外唯立貴人美人綵女之號出范曄後漢書 魏武帝因西漢置夫人昭儀婕妤容華美人文帝增貴嬪淑

媛脩容順成良人明帝增淑妃昭華脩儀出魏志

晉武採漢魏之號以擬周之六宮置貴嬪夫人貴人是爲三夫人淑妃淑媛淑儀脩容脩華脩儀婕妤容華充華是爲九嬪又置美人才人中才人以爲散職出臧榮緒晉書宋齊之後大抵多依晉制其間增損因革或小異焉宋書曰孝武帝省晉氏夫人脩華脩儀增置貴妃弁貴嬪貴人為三夫人置昭儀昭容昭華以代脩華脩容為九嬪明帝又省貴人置貴姬以備三夫人增置淑容弁古淑媛淑儀昭華昭儀昭容脩華脩容脩儀為九嬪又增置承徽列榮弁古婕妤容華充華凡五職班亞九嬪以美人才人良人為散職齊書云高帝以貴嬪夫人貴人為三夫人脩華脩儀脩容淑妃淑媛淑儀婕妤容華充華為九嬪之數梁書云梁氏一遵齊舊陳氏之初亦无改作至文帝以貴嬪貴姬貴妃為三夫人以淑媛淑儀淑容昭華昭容昭儀脩華脩容脩儀為九嬪以婕妤容華充華承徽列榮五職亞於九嬪以美人才人良人為散職後魏書云太武始立昭儀貴人之號孝文立左右昭儀視大司馬三夫人視三公三嬪視三卿六嬪視六卿世婦視中大夫女御視元士北齊書曰文宣雖有夫人嬪御之稱未有貟數武成依古制有三夫人九嬪二十七世婦八十一御妻置左右昭儀比丞相立弘德正德崇德夫人比三公光猷昭訓崇徽上嬪比三卿宣猷凝輝宣明順華凝華光訓下嬪比六卿世婦比三品御女比五品亦並採擇嘉名為其題目自外又置才人綵女以為散號後主又置娥英淑妃之職隋書云高祖依周礼有減其數嬪三貟世婦九貟御女三十八貟初獨孤后妬不設三夫人防其上逼自嬪已下惟置六十貟后崩置貴人三貟增嬪至九貟世婦二十七貟御女八十一貟煬帝置貴妃淑妃德妃為三夫人順儀順容順華脩儀脩華脩容充儀充容充華為九嬪婕妤十二貟美人才人十五貟為世婦寶林二十貟御女二十四貟綵女三十二貟為女御揔一百二十貟又有承衣刀人皆趨侍左右並无貟數

事對

論禮 明順

周礼鄭玄注曰古者三夫人之於后猶三公之於王坐而論婦礼无宮職矣明順見敘事

褕翟　弓韣

礼記曰王后禕衣夫人褕翟褕音[redacted]蔡邕月令章句曰仲春之月玄鳥至之日以太牢祠于高禖高禖祈子之祀也后妃將嬪御皆會于高禖以祈孕姓乃醴天子所御帶以弓韣天子所御謂后妃巳下至御妾孕姓有萌牙者也韣弓衣飲以醴酒帶以弓矢于高禖之前弓矢先者男子之事也韣音獨

贊盌敦　載筐鉤

周礼曰凡祭祀九嬪贊玉盌玉敦后薦徹豆籩鄭注云玉盌玉敦黍稷之器盌音資敦音對漢魏故事后親蚕礼皇后著十二笄步搖乘雲毋安車駕六騩馬三夫人九嬪世婦各載筐鉤從皇后蚕于[redacted]桑

教九御　繅三盆

周礼曰九嬪掌婦學之法以教九御婦德婦言婦容婦功各帥其屬而時御敘于王所又曰九嬪以婦職之法教九御礼記曰世婦卒蚕獻繭于夫人夫人受之親繅三盆采朱綠之玄黃以為黼黻文章君服之以祀先王先公敬之至也

餘三星　因八月

史記云中宮天極星後有四星其一為正妃餘三星後宮之屬後漢書曰漢法常因八月筭民

遣中大夫与掖庭丞及相工於洛陽鄉中閱視良家童女合法相者載還後宮擇視可否乃用登御

取長白　合法相

臧榮緒晉書曰武帝泰始中大採擇公卿子女以充六宮使楊后簡選后妬不取端正妙好惟取長白[redacted]大貌粗舉則取合法相巳見因八月注

視卿比侯　銀印璸珮

後漢書曰婕妤視上卿比列侯晉服制曰婕妤銀印青綬佩采璸玉

雀釵　象簞

晉起居注曰有司令月九日當拜鄭夫人石婕妤案儀注應服雀釵衽襈西京雜記曰武帝以象牙為簟賜李夫人

金環　玉簪

西京雜記曰戚夫人以百鍊金為彄環照見指上骨上惡之以賜伴兒鳴玉耀光等各四枚又曰武帝過李夫人就取玉簪搔頭自此宮人搔頭皆用玉為之

當熊　辭輦

漢書曰孝元馮昭儀初為婕妤上幸虎圈鬪獸熊逸出圈攀檻欲上馮婕妤直前當熊而立上問何故婕妤對曰猛獸得人而止妾恐熊至御坐故身當之又曰孝成班婕妤帝初即位選入後宮成帝遊後庭嘗欲与婕妤同輦載婕妤辭曰觀古圖画賢聖之君皆有名臣在側三代末主乃有嬖妾今欲同輦得

无近似乎上
善其言而止
宴北園　迎西宮　魏志曰明帝游後園
召才人已上曲宴極
樂明日帝見毛后曰昨宴北園樂乎明帝以左右泄令所殺十
餘人王隱晉書曰初惠帝晚成武帝遣才人謝政[illegible]帝因[illegible]
有娠臨娶妃遣致
西宮遂生愍懷也　昭陽殿　增城宮　漢書曰孝成趙
皇后本長安宮
人有女弟復召入為昭儀居昭陽殿姊弟專寵十餘年卒无子
成帝崩帝素无疾民間歸罪於昭儀昭儀自殺又曰孝成班婕
好帝初即位選入後宮幾而大幸爲婕好居增成舍
再就館增城宮有男二並失之一死陽祿一死栢館　舉酒祝
傅　低頭泣邢　漢書曰孝元傅昭儀哀帝祖母也少為上
官太后才人元帝進幸有寵改為昭儀為
人有才略善事人上宮人飲酒酹地皆祝願之產一男一女即
定陶恭王史記曰漢武帝時尹夫人邢夫人同時並幸有詔不
得相見尹夫人自請武帝願見邢夫人帝許之即令夫人飾從
御者數十人來前尹夫人見曰非邢夫人帝曰何以知之對曰
視其身貌形狀不足以當人主於是有詔使邢夫人衣故衣獨
身前尹夫人望見曰真是矣乃低頭俛而泣自痛其不如也諺

曰美女入室
惡女仇之　圖甘泉　葬雲陵　漢書曰孝武帝李夫
人兄延年性知音善
歌舞每為新聲延年侍上起舞歌曰北方有佳人絕世而獨立
一顧傾人城再顧傾人国家不知傾城国佳人不再得帝太息
曰善哉世豈有此人乎平陽主因言延年有女弟上乃召見之
實妙麗善舞由是幸生一男是為昌邑哀王李夫人少而早卒
上憐愍圖畫其形於甘泉宮漢武帝故事曰拳夫人從上至甘
泉而卒葬雲陵上哀悼為起通靈臺常有一青鳥集臺上至宣
帝時乃止拳夫
人即昭帝母

賦

漢武帝李夫人賦

美■娟以脩嫮
兮命勸絕而不
長飾新宮以延佇兮泯不歸兮故鄉慘鬱鬱其無穢兮處隱幽
而懷傷釋輿馬於山椒兮奄脩夜之不陽秋氣憯以淒淚兮桂
枝落而
消亡

漢成帝班婕好自傷悼賦

承祖考之遺德
兮何性命之淑
靈登薄軀於宮闕兮充下陳於後庭蒙聖主之渥惠兮當日月
之盛明揚光烈之翕赫兮奉殊寵於增城既過幸於非位兮切
庶幾乎嘉時每寤寐而太息兮思佩禱以自思陳女圖以鏡鑒
兮顧女史而問詩悲晨婦之作戒兮哀褒閻之為郵美皇英之

女虞兮榮任姒之母周雖愚陋之靡及兮敢舍心而忘茲歷年歲而悼懼兮閔蕃華之不滋痛陽祿與柘館兮仍襁褓而離災豈妾人之殃咎兮將天命之不可求奉供養于東宮兮託長信之末流共灑掃於帷幄兮永終死以為期重曰潛玄宮兮幽以清應門閉兮禁門扃華殿塵兮玉階苔中庭萋兮綠草生廣室陰兮帷幄暗房櫳虛兮風泠泠俯兎兮丹墀思君兮履綦仰視兮雲屋雙涕兮橫流

讚 曹植班婕妤讚 有德有言實惟班婕盈冲其驕窮悅其厭在夷貞艱在晉正接臨颯端幹衝霜振葉

詔 梁武帝立內職詔 刑于垂訓周文所以表德壼闈失序漢武所以喪邦並被諸方策式昭戒勸魏晉已來雖云簡薄而內職名號參差不同在宋太始位置繁冗遂設官九品且擬外朝塡委椒掖徵費無已自此相仍踵以成舊昭陽九華千門万戶朕受命自天期延七百思所以立防自邇貽厥將來前代職品所宜因革外可詳議務令該允

章 梁沈約為六宮拜章 蓬闈菲質嘉淑无筭越自幽衡登軀宸漢奉日月之華侍巾櫛之末何以厠鴛鴦之盛序眷屬車之清塵 隋江揔為陳六宮謝章 恭承禮命愧集丹縷之顏拜奉曲私愁縈翠羽之色魯宮夜大伯媛匪驚楚樹奔濤貞姜何懼豈期日月騰影風雲[redacted]潤遂復位崇九御聲高六列象服增華冊斬耀采何以弼佐王風克柔陰化兢惶並集追想流荇之詩荷蘧相并遂失鳴環之節

箴 晉張華女史箴 芸芸元化兩儀始分散氣流形既陶既甄在帝庖犧肇經于人爰始夫婦以及君臣家道以正王猷有倫婦德尚柔含章貞吉婉[redacted]淑愼正位居室樊姬感莊不食鮮禽衛女矯桓耳忘和音志厲義高二主易心玄熊攀檻馮媛趍進夫豈无畏知死不恡班女有辭割歡同輦夫豈无懷防微慮遠人咸知飾其容而莫知飾其性丹之不飾或愆禮正出其言善千里應之苟違斯義同衾亦疑懽不可以黷寵不可以專專實生慢愛極則遷致盈必損理固有然

冊文 宋謝莊殷貴妃謚冊文 [redacted] 維年月日皇帝曰咨故淑儀殷氏惟爾含徽挺茂爰光素流荇實華紫掖奉軒景以柔明登譽處椒風以婉纓升名幽閑之範日謌層闈繁祉之慶方崇蕃世而當春掩藻昌波滅源朕用震悼傷于厥心崧區巳蘙泉宜將隧宜有旌德

第行式衍聲芳今遣某官集冊告謚曰宣寃而有靈尚茲寵渥嗚呼哀哉

皇太子第三

敘事

韓詩外傳曰五帝官天下三王家天下家以傳子官以傳賢故自唐虞已上經傳無太子稱號夏殷之王雖則傳嗣其文略矣至周始見文王世子之制白虎通曰何以知天子之子稱世子春秋傳曰王世子會于首止是也何以知天子之子稱太子尚書曰太子發升于舟是也或云諸侯之子稱世子則春秋傳云晉有太子申生鄭有太子華齊有太子光由是觀之周制太子世子亦不定也漢制天子稱皇帝其嫡嗣稱皇太子諸侯王之嫡稱世子後代咸因之

事對

樹嫡　立長　晉起居注曰武帝太始三年有司奏正統立嫡詔曰統承大業懼未能光祖宗之遺德至於建嗣樹嫡非所務也盧植奏事曰三后无子擇立長親年均以德德均決之以卜筮所以承先祖也

幼海　少微　山海經曰无皐之山南望幼海郭璞注曰幼海即少海也荊州星占曰少微星一名處士星儲君副主之宮

黃離　蒼震　易曰黃離元吉離注曰離南方之卦離為火土託位焉土色黃火之子喻子有明德能附麗於其父之道順成其業故吉也又曰震為長子又曰震為蒼琅竹

天序　國貞　漢書成帝詔曰定陶王欣慈仁孝順可以承天序繼祭祀執金吾在宏持節徵欣為皇太子也礼記曰一人元良万邦以貞太子之謂也

儲貳　明兩　晉中興書曰安皇帝烈宗長子也冊為皇太子曰岐嶷表于載

誕克廣同乎大成是用命爾以登儲貳易曰明兩作離
大人以繼明照于四方王肅注曰兩離相續明之義也 **守祧**
主器 易曰震雷百里驚遠而懼邇也出可以守宗廟社稷
以為祭祀主禮記曰遠廟為祧又曰主器莫若長子
故受之 **洊雷** **重海** 易曰洊雷震又曰震為長子崔豹古
以震 今注曰漢明帝為太子樂人作歌詩
四章以贊太子之盛德其四
曰海重潤已上揔載太子事 **摇山** **伊水** 之外有摇山其 山海經曰西海
上有人名曰太子長琴顓頊生老童老童生祝融祝融生長琴
列仙傳曰王子晉好吹笙作鳳鳴伊洛之間有道士浮丘伯援
以上嵩山 **桂宮** **蘭殿** 漢書曰孝成皇帝元帝太子也初居桂
宮漢武故事曰武帝生猗蘭殿四歲立
為膠東王七歲 **青宮** **玄圃** 東方朔神異經曰東方東明
立為皇太子 山有宮青石為牆面一門門
有銀牓以青石碧鏤題云天地長男之宮潘尼
詩序七月七日皇太子會於玄圃園有令賦詩 **龍樓** **雞戟**
漢書曰孝成皇帝元帝太子也初居桂宮上嘗急召太子出龍
樓門不敢絕馳道西直室城門得絕乃度 [redacted] 張敞晉東

宮舊事曰崇福 **博望** **宣猷** 漢書曰衛皇后生戾太子據
門雞鳴戟十張 上為立博望苑使通賓客㳙
元皇太子集詩曰置酒宣猷庭擊鍾
靈沼濱雲恩洽明兩遭德會陽春 **西池** **東閤** 徐爰釋
西明内有太子池孫權子和所穿有土山臺晉帝在儲宮所築 問注曰
故俗呼太子池或曰西池魏文帝集曰為太子時北園及東閤
講堂並賦詩命王粲劉 **崇賢** **求福** 陸士衡詩曰在昔嘗
楨阮瑀應瑒等同作 嘉運矯迹入崇賢假
翼鳴鳳條濯足升龍泉張敞東宮舊事曰中庶子四人侖帷
侍中若皇太子入宮㭊中書舍人各一人更日直求福坊 **銀**
牓 **銅扉** 銀牓見上青宮注漢書曰孝成皇帝元帝太子也
初居桂宮上嘗忽召太子出龍樓門張晏注曰門
樓上有銅龍許慎說文曰 **赤旄** **黃麾** 張敞晉東宮舊事
扉戶也已上太子居處 曰皇太子初拜有
旄幢一乂曰皇太 **鸞旌** **象輅** 徐廣東宮須曰禮樂承軒
子鹵簿有黃麾 典册授庭命服惟九龍旗
鸞旌沈約宋書曰太始三 **花枕** **畫輽** 張敞晉東宮舊事
年制太子安車乘象輅 曰皇太子有大漆

枕銀花鏤鈕自副續漢書曰皇太
子安車朱輪青蓋畫幡文輈五彩 **銅羊** **金馬** 張敞晉東宮舊事曰
皇太子有銅水羊一枚管自副吳志曰孫登字子高權長子魏
皇初二年立為太子嘗失白盛水金馬覺得主左右所為不忍
致罰 **建九旗** **舞六佾** 張敞晉書東宮舊事曰皇太子初拜有石山安車一建九旗青
色四馬又曰皇太子大小
會庭設三廂樂舞六佾 **丹霞刀** **彩虹劒** 魏文帝典論曰
惟建安二十四年二月丙午魏太子丕造刀三其二曰含章彩
以丹霞又曰造百辟寶劒三其二曰流彩虹 巳上太子章服
夏啓 **周誦** 史記曰夏禹東巡狩至于會稽而崩以天下授益益讓帝禹之子啓啓賢天下屬意焉諸
侯皆去益而歸啓曰吾君帝禹之子又
曰周武王崩太子誦代立是為成王 **周發** **漢莊** 尚書中侯
曰文王廢伯邑考立發為太子王曰脩我度遵德紀後恒稱太
子范曄後漢書曰孝明皇帝諱莊光武第四子生而豐下十歲
能通春秋十九年立為皇太 **魏丕** **晉紹** 魏志曰文帝諱丕武帝太子也
子師事博士桓榮學尚書

建安十六年為五官中郎將二十二年立為魏太子丕貞固睿
敏能鎮定大事何法盛晉中興書曰明帝諱紹字道畿中宗践
祚尊號為皇太子東宮敬禮賢 **四術** **三善** 禮記曰樂正崇四術立四
士昵近明德 巳上太子
教順先王詩書禮樂以造士王太子王子羣后之太子卿大夫
元士之適子国之俊選皆造焉又曰世子齒於學故父在斯為
子君在斯為臣居子弟臣之節所以尊君親親也故學之為父
子焉學之為君臣焉學之為長幼焉行一物而三善皆得唯世
子者而巳 **玉裕** **金聲** 陸士衡侍皇太子宣猷堂詩曰茂德川沈天姿玉裕潘尼皇太子釋奠頌曰尊
道讓齒降心下問以金聲光以玉潤 **五稱** **三至** 周書曰靈王太子幼而聰明晉平公使叔譽于
周見太子晉弟之言五稱而三窮禮記曰文王之為世子朝於
王季日三雞初鳴而至於寢門外問內竪之御者曰今日安否
何如內竪曰安文王乃喜及日中又至亦如之及暮又至亦如之 **漢幄** **周寢** 范曄後漢書曰時天
下墾田多不以實詔下州郡檢覈其事帝見陳留吏牘上書云
潁川弘農可問河南南陽不可問帝詰吏抵言於長壽街得之

時明帝為東海公年十二在幄後言曰吏受郡勅欲以墾田相
妨耳帝曰何故言河南南陽不可問對曰河南帝城多近臣南
陽帝鄉多近親田宅踰制不可為
准詰問如明帝對周寢見三至注　寢門　馳道　寢門見三至注漢書
孝成皇帝元帝太子也宣帝愛之字曰太孫初居桂宮上嘗急
召太子出龍樓門不敢絕馳道西至城門得絕乃度上以遲問
其故以狀對上大悅乃
著令令太子得絕馳道　嘗藥　省膳　禮記曰太子朝夕至于寢門外問於內豎
曰今日安否何如若內豎言疾則太子親齊玄冠而勸膳宰之
饌必敬視之疾之藥必親嘗之漢儀曰皇太子五日一至臺因
坐東廂省
視膳食　齒胄　問豎　禮記曰世子齒於學國人觀之曰將君我而與我齒讓何也曰有父
在則禮然又曰王太子王子羣后之太子卿大
夫元士之適子凡入學以齒問豎見三至注　春誦　夏絃
撫軍　監國　禮記曰凡學世子學士以時春誦夏絃太師詔之左傳曰晉侯使太子申生伐東山皐落
氏里克諫曰太子奉冢祀社稷之粢盛以朝夕視君膳者也故
曰冢子君行則守有守則從從曰撫軍守曰監國古之制也

上並是太子才德　問杜　禮荀　晉中興書曰杜夷字行齊為儒林祭酒皇太子凡三至夷舍執經問
義魏志曰文帝在東京太祖謂曰荀公達人之師
表汝當盡禮敬之攸曾病太子問病獨拜於牀下　鄭書　劉
易　漢書曰初元中立皇太子博士鄭寬以尚書授太子續漢書曰劉昆少學施氏易明帝為太子以易入授　卞
賦　溫箴　卞蘭讚太子賦曰竊見所作典論及諸賦頌沉思泉涌華藻雲浮聽之忘味奉讀無倦晉中興
書曰溫嶠拜太子中庶子數規
諫諷議又獻侍臣箴甚有補益　二疏　四皓　漢書曰地節三年立皇太
子疏廣為太傅兄子受為少傅父子並為師傅朝廷以為榮在
位五歲上疏乞骸骨上許之大夫故人祖道東都門外道路觀
者曰賢哉二大夫史記曰高祖欲易太子留侯諫不聽及燕置
酒太子侍東園公甪里先生綺里季夏黃公從太子年皆八十
餘鬚眉皓白上怪之四人前對各言
姓名上大驚曰煩公幸卒調護太子　四友　六傅　吳志曰孫登字
子高權稱尊號為皇太子銓衡秀上以為賓友諸葛恪為左輔
張休為右弼顧譚為輔正陳表為翼正都尉是為四友晉公卿

禮秩曰[redacted]宮乃置六傅省尚書事始置**師友** **賓客**
傳事丞文書關由六傅公子開時號太子六友
漢書曰疏廣字仲翁為太子太傅太子外祖父平恩侯許伯以
太子幼使其弟舜監護太子家上問廣廣曰太子国儲副君
師友必於天下英俊不宜獨親外家又曰衛皇后生戾太子據
及冠就居上為立博望苑使通賓客西京雜記曰文帝為立思
賢苑以招
賓客也
端士正人 **司過虧善** 大戴禮曰昔周成
王幼在襁褓之中
選天下孝悌博聞有道術者以輔翼之使與太子居處出入故
太子目見正事耳聞正言左右前後皆正人也又曰太子既冠
成人免於保傅之嚴則有司過之吏虧膳之宰太
子有過吏必書其過而宰徹其膳已上太子輔翼

〔賦〕

魏下蘭賛述太子賦 明明太子既睿且聰博聞強記聖思无
雙猗猗左右如虎如龍入後在側傍无
謏凶富不忘施尊而益恭研精書籍留思異同建計立議廓然
發朦天下延頸歌頌德音聞之於古見之於今深不可測高不
可尋創法万
載垂此休風

〔詩〕

梁劉孝威奉和太子詩 太子天下
本元良万

邦貞周朝推上嗣漢代慙重明前星涵瑞彩洊雷揚遠聲三善
傳樂正百行紀司成九流徧已辨七經咸所精博聞強子政高
才凌長卿禮尊逾屈已德盛益卑情仙[redacted]胎鍾相儒道推桓榮
延賢博望苑視膳長安城園綺隨金輅浮丘侍玉笙智囊前殿
务端士後垂纓九仙良所重四海
更誰輕班輸同策乘甲館齊蓬瀛

徐陵同江詹事登宮城南樓詩 元良[redacted]上德宰土被中孚漢幄朝无怠周門夕
復趍桓經既受業賀拜且尊儒壯志諧風雅高
文會斗樞鏗鏘叶舞蹈熠爛等琨瑜潇水慙雄伯漳川仰
大巫鮑魚穿入俎釣鱉匪充厨叔譽恒詞屈防年豈濫誅

江揔宴樂脩堂應令詩 肅城通甲觀承華啓画堂北宮
降恩賞西園度羽觴殊私奉玉
裕終宴在金房庭蟬連樹彩簷影接雲光仙如伊水駕樂似
洞庭張弾絲命琴瑟吹竹動笙簧庸踈濫應阮衰朽忝連章

虞世南追從鑾輿夕頓戲下詩 重輪依紫極前耀奉丹
霄天經恋宸衷帝命扈
仙鑣乘星開鶴禁帶月下虹橋銀書含曉色金輅輔晨飇霧徹
軒營近塵暗斗城遥遠花分荔蔓竹箭下驚潮撫已慙能幹承

恩集鳳條搖山盛風樂抽簡薦從謚

褚亮奉和禁苑餞別應令詩

大蕃初錫瑞出牧邇皇京暫以綠車重言承朱傳棨舒桃臨遠騎垂柳映軍營惠化宣千里威風動百城禁籞芳嘉節神襟餞送情金徒催別景玉管切離聲野花開立落山鳥哢還驚微臣夙多幸薄宦奉儲明釣臺慙作賦伊水濫聞笙懷德良知久覃恩識命輕

韓王元嘉奉和周太子監守違戀詩

乾象開層構離明啓少陽卜征從献告守器屬元良遜矣凌周誦遥哉掩漢莊好士傾南洛多才盛北場地分丹鶩嶺途間白雲鄉儲誠虔曉夕宸奕積炎涼珠壁連霄漢万物仰重光

薛元超和周太子監守違戀詩

儲禁銅扉啓宸行玉軑遥空懷壽街吏尚隔寢門朝地首瞻龍戟塵外想鸞鑣飛文映仙牓瀝思叶神飈帝念紆蒼陸乾文煥紫霄歸塘橫筆海平圃振詞條欲應重輪曲鏘洋韻九韶

詔

梁武帝立昭明太子詔

朕屬當期運係迹前王所以長代流祚垂之万葉百辟咸以元良之寄有国莫先自昔哲后降及近代莫

不立儲樹嫡守器承祧及旁挹羣議遠惟[redacted]百建茲蒙稚仰副宗祊承華肇開崇賢克永无疆之慶非獨在余恩霑渥澤被之遐邇

又立晉安王為太子詔

非至公无以王天下非博愛无以臨四海所以堯禪舜讓惟德是舁文王舍伯邑考而立武王格于上下光于四表今岱宗牢落天步艱難淳風猶鬱黎民未乂自非克明克哲允文允武豈能荷神器之重嗣龍圖之尊晉安王綱德行內敏威惠外宣羣后歸美率土宅心可立綱為皇太子庶百年勝殘方流餘慶必世後仁永固洪業

後魏溫子昇莊帝生皇太子赦詔

有国三善事屬元良本枝百世義鍾繼體朕應天纂命握圖受籙景祚惟新卜年以永令月吉辰皇子誕育彩雲映日神光照殿方開博望將起龍樓遠近同懽人神共悅

表

宋謝莊慶太子元服上至尊表

伏惟皇太子殿下明兩承乾元良作貳抗法遷身英華自遠樂以脩中禮以治外三善克茂德成教尊今日吉辰昭加元服對靈祇之望儔上庠之歡率天鑿世莫不載躍

又太子元服上太

后表 離景承震樞光陪極毓問東華飛英上序樂正歌風司成頌德清明神鏡溫文在躬練日簡辰昭備元服懋三王之教屬少海之重

梁沈約爲太子謝初表 臣實蒙稚溫文以闕不閑三善之訓未習四學之儀雖問安內竪因心自發而視膳寢門未任再至乃降皇慈夙膺盛典貳體宸極守器宗祧顧循幼志如臨氷壑

梁簡文帝上昭明太子文集別傳等表 若夫正少陽之位主承祧之則口實為美唯稱啓誦自茲厥後罕或聞焉昭明太子禀仁聖之資縱生知之量孝敬兼極溫恭在躬明月西流幼有文章之敏羽籥東序長備元良之德非假二疏寧勞四皓虎賁恧其經學智囊慙其調護豈止博望延賓壽春能談問疑棗據書戒馬陵而已哉玉折何追星穨靡續地尊號嗣外陽之衛无徵位比周儲緱山之駕不返臣以不肖妄作明兩出入銅龍瞻仰故實思所揄揚盛軌宣記德音謹撰昭明太子別傳文集請備之延閣藏諸廟內永彰茂實式表洪徽

褒爲百僚請立太子表 周王 臣聞洊雷居震春方應守器之禮明兩作離少陽纂重暉之業是以三善昭德載祀之祚克昌一有元良国貞之圖永固至於軒轅得姓高陽才子上嗣伫賢前星虛位魯国公贊親居元子屬當儲貳具僚仰則列辟式瞻臣等參議請立為皇太子事崇監撫教資審諭問安寢門視膳天幄

箴

周王 褒太子箴 天生烝民司牧斯樹咸熙庶績式昭王度粵若欽明不承寶祚重紐地維再匡天步惠人垂統元良繼體麗正離暉推微天啓令問令望聞詩聞禮從曰撫軍守曰監国秋方通夢春官養德桓榮獻書荀攸觀則元子為士齒卿命秩昔在周漢親賢保弼朝服寢門廻車作室正陽居位喬枝父道臣子所崇忠孝為寶勿謂居尊禍福无門勿恃親賢王道无偏无為有慮始為事先損之又損而全之亦全无往不復无平不陂美疢甘言鮮不為累則哲惟艱知人未易居室為善分陰无棄亡保其存危安其位神聽不惑天斯忌文昌著於前星主鬯由於守器庶僚司箴敢告閽寺

太子妃第四

叙事 白虎通云妃者匹也妃匹者何謂也相與偶焉古者天子後宮嫡庶皆曰妃 史記

曰黃帝有四妃帝嚳
有四妃虞舜有二妃周以天子之正嫡為王后秦稱
皇帝因稱皇后以太子之正嫡稱妃漢因之漢
書外戚傳云太子有妃有良娣有孺子妻妾凡
三等是也魏晉以後咸遵之焉

事對

金璽 瑜珮 沈約宋書曰皇太子妃金璽龜鈕纁朱綬佩瑜玉又
張敞晉東宮舊事曰皇太子納妃織成衮帶白玉珮

龍枕 鴨燈 晉東宮舊事曰皇太子納妃有漆龍頭支髻枕
一銀花鏤鉛自副又曰皇太子納妃有金塗連
盤鴨
燈一

文履 花麗 晉東宮舊事曰太子納妃有絳地文履
一量又曰皇太子納妃有漆花麗二具

龜鈕 雀鈿 龜鈕事見上金璽注東宮故事
曰太子納妃有同心雀鈿一具

衮帶 綺綬 衮帶見瑜佩注又曰皇太
子納妃有絳地織成綺綬

四望車 九鈿函 晉東
宮舊事曰皇太子納妃四望車羽葆前後部
鼓吹各一部又曰步搖一具九鈿函盛之

冊命 筮吉 晉起居注曰元帝太興元年上臨軒使冊命拜晉王妃庾為皇
太子妃沈約宋書曰後廢帝仁皇后諱簡珪濟陽考城人北中
郎長史智深孫女太始五年太宗采訪太子妃而后父祖
已亡弟又弱小門无強蔭以卜筮最吉拜為皇太子妃

景殿 畫堂 漢書曰元帝為太子司馬良娣死後太子悲恚
發病宣帝令皇后擇後宮大家人子可以娛侍
太子王禁女政君預焉時預擇者五人政君獨衣絳緣諸子太
掖衣也使侍送入太子宮見於景殿得御幸有身立為太子妃
於甲觀畫堂生子即成帝
也畫堂太子宮中之堂

稱萬歲 有五可 漢書曰
車騎將
軍許嘉女選配太子上令中常侍親送太子家還白太子歡悅
狀元帝喜謂左右曰酌酒賀我左右皆稱万歲太子立為天子
即成帝也立妃為皇后王隱晉書曰武帝娶楊后生惠帝初為
太子謀婚久不決上欲娶衛瓘女楊后欲娶賈充女充妻郭黜
姤宿者上曰衛公女有五可賈公女有五不可衛家女種賢而
多子端正而長白賈家女種姤而少子醜惡而短黑郭氏使輸

物楊后遂成糾賈妃後亂晉国 司徒公女 新安主生 王隱晉書曰劉曜王彌寇

洛得將諸后妃去愍懷太子王妃拔刀向賊曰我司徒公女皇
太子妃死則死終不為賊婦賊乃害之又曰安僖皇后王氏字
神受太常王猷之女新安公主生即安帝姑也孝武帝以后少
孤无兄弟故為安帝納為太子妃孝武納采聘太子王氏百官
朱服會於新安公主第祕書監王操之為主人

詩

胡元範奉和太子納妃

詩 帝子威儀絕儲妃禮慶優疊鼓陪仙觀凝笳翼畫輧鬱鬱
神香滿奕奕彩雲浮排空一列錦翔騰觀溢皇州金閨未息
火玉樹鍾天夔月路飾還裝星津動帰佩紫極流宸渥清規佇
慈誨恩波洽九流光輝軼千載列席詔親賢式宴坐神仙聖文
飛聖筆天樂奏鈞天曲池涵瑞景文宇孕祥煙小臣同百獸率舞悅堯年

裴守眞奉和太子納妃詩

瑜珮升青殿穠華降紫微還如桃李發更似鳳凰飛
金屋眞離象瑤臺起婺徽綵纓紛碧座繡羽泛褕衣
雲路移彤輦天津轉明鏡仙琴照乘帰寶月重輪映望園嘉宴
洽主第歡娛盛絲竹揚帝董蕤禖奉宸慶藝雲韶曉光湛露晞

朝陽天文天景麗睿藻齊詞彩玉庭散秋
色銀宮生夕涼大平超遂古万壽樂无疆

詔

唐太宗冊蘇亶女為太子妃詔

配德元良必俟邦媛作儷儲貳允歸冠族祕書丞蘇亶長女門
襲軒冕家傳義方柔順表質幽閑成性訓彰国史譽流邦国
正位儲闈寔惟朝典可皇太子妃所司備禮冊命主者施行

冊

立

唐太宗冊太子妃文

惟爾祕書丞蘇亶長女族茂冠冕慶成禮訓貞順自然言容有
則作合春宫寔協三善曰嬪守器式昌万葉備茲令典抑惟
国章是用命示為皇太子妃惟欽哉其光膺命可不愼歟

宋謝莊太子妃哀冊文

楹凝桂奠庭肅龍輼風沉国路雲起郊門皇帝傷總綫之掩綵悼副
褘之滅華行光既晏長河又斜顧而言曰璇瑤有毀郁烈无湮
翦綃素裁簡授之史臣其詞曰霆岫虧天瀛流凝漢祥發桐珪慶
昭金筭毓景帝里飛芳戚閈祕議施谷升音集灌月晷幾望[redacted]
泱惟良釋幃春宫承龍少陽五葉衍藻四訓抽光嵗蕤蕙纕婉
孌瓊相清徽就遠祲沴傳方臨華罷翠當襜收蘭複殿生響長
廊結寒節移虛饋氣变容衣中庭草靄階上螢飛傷縈里第痛

謚朝
闈

王第五

叙事 易稱先王建萬國親諸侯史記云黄帝置左右大監以監萬國堯典云協和萬邦左傳云禹會諸侯於塗山執玉帛者萬國萬國之數蓋親賢兼封夏列九州制五服立爵五等分地有三公侯方百里伯方七十里子男五十里不足五十里曰附庸殷則爵列三等周又列爲五等則公方五百里侯伯子男各百里爲差不滿百里爲附庸凡王之子弟並絫封之秦稱皇

帝除五等之制以郡縣子弟爲匹夫漢興立爵二等大者王小者侯而王之號謂爲諸侯王蔡邕獨斷曰漢制皇子封爲王其實諸侯也周末諸侯或稱王而漢自以皇帝爲稱故以王號加諸侯揔名諸侯王後漢建武初朱祐議以爲土無二王臣爵皆不過公於是悉封郡公十七年又依舊稱王魏改封郡王晉又封國宋齊以後皆封郡隋復封國公已上並見齊職儀及五代史志

事對

麟趾 犬牙毛詩曰麟之趾振振公子于嗟麟兮注云趾足也麟信而應禮以足至者振振信厚也吁嗟歎辝也漢書曰高帝王子弟犬牙相制所謂磐石之固

磐石 維城磐石見犬牙注毛詩曰懷德維寧宗子維城

藩屏皇家 維翰帝室

魏志曹植傳曰植初封册書曰咨茲青社封于東土以藩屏皇家為魏藩輔晉百官表注云封皇子及公族親屬為王所以維翰帝室詩云大邦維翰 **燾土苴茅** **金璽䮍鈕** 蔡邕獨斷云天子太社以五色土為壇漢制皇太子封為王者受天子太社之土以所封之方色東方受青土他如其方色藉以白茅授之歸国以立社故謂之茅土孔安国注尚書曰王者封五色土為社則各割方色土与之使立社燾以黄土苴以白茅茅取其潔黄取王者覆被四方漢書舊儀云諸侯王黄金璽䮍鈕已上捴載封建 **二南** **兩東** 毛詩序曰周南召南正始之道王化之本潘岳西征賦曰我徂安陽言陟陝郛美哉邈乎茲土之舊也固乃周召職之所分二南風之所交麟趾信於関雎騶虞應乎鵲巢東觀漢記曰東平獻王蒼少有孝友之賢寛仁弘雅中元二年光武帝崩明帝詔曰東平王蒼寛博有謀可以託六尺之孤臨大節而不可奪其以蒼為驃騎將軍魏志曰臨淄侯善屬文徙封東阿王 **魯衛** **梁楚** 左傳曰管蔡郕霍魯衛毛聃郜雍曹滕畢原豊郇文之昭也漢書曰漢興之初海内新定同姓寡少於是割裂疆土立二等爵

尊王子弟大啓九国奄有龜蒙為梁楚也 **晉桐葉** **衛梓材** 史記曰唐叔虞者成王弟成王与叔虞戲削桐葉為珪以封叔虞史佚因言請擇日立叔虞成王曰吾与之戲耳史佚曰天子无戲言於是遂封叔虞於唐後為晉故毛詩曰此晉也而謂之唐又曰衛康叔名封周武王同母弟也封為衛君居河淇間周公懼康叔齒少乃申告康叔作梓材篇言為政之道如梓人理材焉已上載所封国 **共室** **同輦** 范曄後漢書曰清河王慶傳云帝初勑皇后令衣服与太子齊等太子時親愛入則共室出則同輿漢書曰淮南厲王長高帝少子孝文帝初即位自以最親驕蹇數不奉法上寛赦之三年入朝甚縱横從上入苑獵与上同輦 **入宿北宮** **因留國邸** 東觀漢記曰清河王慶傳云永元四年移幸北宮章德殿講白虎觀慶得入省宿止漢書宣元六年傳曰成帝无嗣躰常不平定陶共王來朝上謂共王曰我未有子人命不諱一朝有他且不復相見爾長留侍我矣因留国邸朝夕侍上甚見親重 **如家人** **爵比皇子** 漢書曰齊悼惠王孝惠二年入朝帝与齊王宴飲太后前孝皇以齊

王為兄置上坐如家人禮又楚元王交高帝弟自文
帝即位交學詩內事文帝尊寵元王子爵比皇子
御雲母
輦 **設鐘虡懸**
傅暢晉公卿禮秩曰安平王孚假黃鉞
前後羽葆建九旒駕駟馬御雲母輦東
觀漢記曰東海王彊侍食五郡二十九縣租入倍諸王賞賜恩
寵絕於倫比置虎賁髦頭宮殿鐘虡之懸已上並王之親寵也
好書 **樂善**
漢書曰淮南王安為人好書善鼓琴不喜弋
獵又云河間獻王德脩學好古從人得善書
必好寫與之留其本兼加賜金以招之東觀漢記曰東平獻王
蒼少有孝友之賢寬仁弘雅美鬚髯明帝嘗從容問王在家為
人何好最樂蒼
曰唯善最樂
楚詩 **沛易**
漢書曰楚元王交字[redacted]游高
祖同父少弟也好書多材藝
元王好讀詩諸子皆讀詩號曰元王詩續漢書曰
沛獻王輔性務嚴矜有威好經書善說京氏易
蟻封 **象**
舩
東觀漢記曰沛獻王輔善京氏易永平五年少雨上御雲
臺自卦以周易林占之其繇曰蟻封穴戶大雨將至上問
輔輔曰蹇艮下坎上為水山出雲雨蟻穴居其知雨將至魏志
曰鄧哀王蒼舒少聰察岐嶷孫權曾致巨象太祖欲知其斤兩

蒼舒曰置象大舩之中而刻其所
至秤物以載之則其重可知矣
食時 **七步**
漢書曰淮
南王安始
入朝為離騷傳朝受詔食時上劉義慶世說曰魏文帝令東阿
王七步成詩不成將行大法遂作詩曰煮豆燃豆萁豆在釜中
泣本是同根生相煎何
太急文帝大有慚色
對三雍 **論五經**
漢書曰河
間獻王景
帝子修學好古武帝時獻王來朝獻雅樂對三雍之宮應劭注
曰辟雍明堂靈臺也東觀漢記曰沛獻王輔性好經書論集經
傳圖讖作五經通論奏蕃以至沒
遵履法度未嘗犯禁稱為賢王
北海善書 **東平工**
頌
范曄後漢書曰北海敬王睦善大書當時以為楷則寢疾
帝於馬上令作草書尺牘十首又曰東平王蒼嘗上光武
中興頌帝
甚美之
錢縑助國 **租秩賑人**
東觀漢記曰東海
王彊孫頃王肅性
謙儉永初中以西羌未平上錢二千万元初中上縑万疋以助
国王隱晉書曰齊王攸国中文武下至士卒法令不食廪賜者
皆以秩賦與疾病死亡者時有水旱出租稅加十二
賑以賑国人須豐年乃收入本直已上王之才能
曲觀

平臺 曹植娛賓賦曰感夏日之炎景兮游曲觀之清涼漢書曰梁孝王廣睢陽城七十里大修宮室為複道自宮連屬於平臺四十餘里

蘭坂 桂山 曹植詩曰明月澄清景列宿正參差秋蘭被長坂朱華冒淥池王逸劉安招隱士詩序曰招隱士者淮南王之所作也昔淮南王博雅好古招懷天下俊偉之士八公之徒咸慕其德而歸其仁各竭才智著作篇章分造詞賦以類相從故或稱小山或稱大山其義猶詩有小雅大雅詞曰桂樹藂生兮山之幽偃蹇連拳兮枝相繆

猨巖 鴈沼 西京雜記曰梁孝王好宮室苑囿之樂作曜華之宮營兔園園中有百室山山上有落猨巖鴈池池間有鶴洲鳧渚廣雅云沼池也

檀欒竹 連拳桂 枚乘兔園賦曰脩竹檀欒夾地兔園梁孝王園也連拳桂見桂山注

玳瑁筵 琉璃盌 劉楨瓜賦序曰在曹植座廚人進瓜植命為賦促立成其辭曰布象牙之席薰玳瑁之筵憑彤玉之几酌瑤碧之樽鮑昭淮南王詩曰淮南王好長生服食鍊氣讀仙經琉璃藥盌牙作盤金鼎玉匕合神丹

宴平樂 望高唐 曹植詩曰鬬雞東郊道走馬長楸間觀者咸稱善衆工歸我賢歸來宴平樂美酒斗十千宋玉高唐賦曰昔者楚襄王遊於雲夢之臺望高唐之觀巳上王之居處

忘憂觀 思仙臺 西京雜記曰梁孝王遊於忘憂觀集諸游士各使為賦葛洪神仙傳曰淮南王劉安好神仙黃白之事於是八公乃往迎之登思仙臺

置館 築宮 西京雜記曰河間王德築日華宮置客館二十餘區以待學士史記曰燕昭王即位卑身厚禮以招賢者謂郭隗曰誠得賢士与共報先主之恥孤之願也隗曰王必欲求士請以隗為始況賢於隗者豈遠千里哉於是昭王為隗版築宮而師事之士爭趍燕

康衢 碣石 史記曰鄒奭齊諸鄒亦頗採鄒衍之術以紀文於是齊王嘉之自淳于髡以下皆命曰列文夫為開第康莊之衢天下言齊能致天下賢士也又曰鄒衍如燕燕王築碣石宮身親往師之

賜田 置醴 宋玉小言賦曰楚襄王既登陽雲之臺命諸大夫景差唐勒宋玉等並造大言賦卒而宋玉受賞又作小言賦王曰善賜雲夢之田漢書曰初元王敬禮申公白公穆生等穆生不嗜酒元王每置酒常為穆生設醴及王[redacted]即位

亦設醴後忘設焉穆生退曰可以逝矣

娛賓　敬客　娛賓見曲觀注又曹植詩云公子敬愛客終宴不知疲清夜遊西園飛蓋相追隨

唐宋　應劉　宋玉大言賦曰楚襄王与唐勒景差宋玉遊於陽雲之臺王曰能為大言者上坐魏志曰應瑒劉楨等俱為五官中郎將文學咸善屬詩賦後瑒楨等卒文帝與吳質書曰昔年疾疫親故多罹其災徐陳應劉一時俱逝

遊梁　趨燕　漢書曰司馬相如會景帝不悅文士齊人鄒陽淮陰枚乘吳[redacted]嚴忌夫[redacted]之術相如見而悅之因病免客遊梁得與諸侯遊士居數歲乃著子虛賦史記曰燕昭王即位卑身厚禮以招賢士而師事郭隗於是樂毅自魏往鄒衍自齊往劇辛自趙往是以士爭趨燕

先擁篲　不及履　史記曰鄒衍如燕昭王擁篲先驅請列弟子之坐而受業碣石宮身親往師之葛洪神仙傳曰淮南王劉安好儒學兼該古候方術作內書言神仙黃白之事名為鴻寶於是八公乃往八公初詣門鬚眉皓素門吏先客以聞安門吏自以意難問之言畢八公皆化成十五童子雲髻色如桃花於是門吏驚走以白王王聞之不及履即出迎之以登思仙之臺

曳長裾　飛廣袖　鄒陽上吳王書曰臣聞蛟龍驤首奮翼則浮雲出流霧雨咸集聖人砥節脩德則游談之士歸義思名今臣盡智畢議易精極慮則无國而不可干飾固陋之心則何王之門不可曳長裾乎西京雜記曰梁孝王遊忘憂之觀集諸遊士各使為賦鄒陽為酒賦曰哲王臨國綽矣多暇召皤皤之臣聚肅條之賓錦綺為席犀璩為鎮曳長裾飛廣袖奮長纓之士莞爾而即之已上王之好士

賦

魏夏侯玄皇胤賦　覽二儀之上躰本人倫之大紀道莫崇於后辟統莫大於承祀伊皇衢之光赫亨乾坤之元祉在太和之五載肇皇胤之盛始時惟孟秋和氣淑清良辰既啓皇子誕生爾乃發愷悌之明詔振湛恩之豐沛末惠洽乎黎民崇施暢於无外爵羣兆以布德赦殊死以示仁黔首詠而齊樂願皇祚之日新

詩

梁劉孝義行過康王故第苑詩　入梁逢故苑度薛見餘宮尚識招賢閣猶懷愛士風光靈一超遠衡館亦蒙籠洞門餘舊邑甘棠留故蘖送禽悲不去過客慕難窮池竹徒如在林堂暖已空遠橋隔樹出迴澗隱崖通芳流小山桂壓起大王風具物咸如此是地感余衷

隋薛昉巢王座韻得餘詩 平臺愛賓友逢掖齒簪裾藉卉懷春暮開襟近夏初嫩枝猶露鳥細藻欲藏魚舞袖臨飛閣歌聲出綺疏莫慮歸衢晚馳輪待興餘

隋于仲文荅譙王詩 梧臺開廣宴竹苑列英賢景差方入楚樂毅始遊燕折角揮談柄重席吐言泉武騎初擒翰文學正題鞭玉嶽調綠綺璧散沉青田晚霞澹遠岫落景藻長川未陪東閣賞獨詠西園篇

褚亮和望月應魏王教詩 層軒登皎月流照滿中天色共梁珠遠光隨趙璧圓落影臨秋扇虛輪入夜■所欣東館裏預奉西園篇

李敬玄奉和別魯王詩 綠車旋楚服丹蹕佇秦川珠阜轉歸騎金岸引行旆一朝限原隰千里間風煙鶯喧上林谷鳧響御溝前斷雲移魯蓋離歌動舜弦別念凝神扆崇恩洽玳延顧惟慙叩寂徒自仰鈞天

又奉和別越王詩 飛蓋廻蘭坂宸襟佇柏梁別館分涇渭歸路指衡漳關山通曙色林籞徧春光帝念紆千里詞波照五潢

楊思玄奉和別魯王詩 元王詩傳博文后寵靈優

安莅披館鶴蓋動宸眷龍章送遠遊函關踈別道灞岸引行舟比林分苑樹東流溢御溝鳥聲含羽碎騎影曳花浮聖澤九垓普天文七耀周方徒獻雅樂誓帶奉鳴球

張大安奉和別越王詩 盛藩資右戚連萼重皇情離襟愴睢苑分途指鄴城麗日開芳甸佳氣積神京何時驂駕入還見謁承明

劉禕之奉和別越王詩 周屏辟金殿梁驂整玉珂管聲依折柳琴韵動流波鶴蓋分陰促龍軒別念多延襟小山路還起大風歌

【頌】

魏陳王曹植皇子生頌 於皇我后懿章前志克纂三皇王靈昭事祗肅郊廟明德敬忌潜和積■鍾天之釐嘉月令辰篤生聖嗣慶由一人万国作喜喁喁万国岌岌羣生禀命我后綏之則榮長為臣妾絲天之經仁聖奕代永載明明同年上帝休祥淑禎藩臣作頌光流德聲

【冊】

唐太宗冊梁州都督漢王元昌曰 夫易陳利建道貫三才傳稱夾輔業昌百代是以周之魯衛式固維城漢之梁趙克崇磐石惟爾幼聞教義器識聰敏早開土宇禮數優崇逷矣南鄭襟帶西蜀控部之重茂親是用錫以茅土賦

兹典冊爰誓山河永作蕃屏朕聞曰事君盡禮資於孝敬為政
以德始於仁厚故士无貴賤由之者揚名時无古今背之者淤
行爾往欽哉去奢從儉遠佞尊賢 又冊荊州都督荊王
克勤匪懈垂憲乃後可不慎歟
元景曰 夫建官之道寔資明德列爵之義必俟茂親故晉鄭
佐周功宣於夤亮間平輔漢業崇於蕃屏惟爾業尚
忠肅器懷恭懿幼稟庭訓早膺朝寵仁恕聞於封畿廉平著於
方策荊衡作鎮江漢為紀包括巴漢之域跨躡吳越之郊褰帷
永諸分珪僉屬是用備兹令典錫以
休命奄有楚甸代為唐輔可不慎歟 【奏】陳尚書八座奏
封鄱陽王伯山曰 臣聞本枝惟茂宗周之業以弘磐石
既建皇漢之圖斯遠故能協宣五運
規範百王式固靈根克昌丕緒第三皇子伯山發睿德於髫年
表奇姿於此日光昭丹掖輝映青闈而玉圭未執金錫靡駕豈
所以敦序維翰建樹蕃戚
臣等參議宜封鄱陽王 【表】梁沈約為南郡王讓中
軍表 臣聞建佐茂則非賢罔樹分器鴻典惟懿寔先而臣把
道未弘踐義多缺徒升国奚空襲宸寵光珪華組晻藹

於閑垂令采徽猷寂寥於甸表晨伸委帶夕軫臨顏皇衢肇啓
鼎運始資魯衛兼啓義邈周年齊楚並建禮高漢日臣以未第
聯輝上序祐履荊阿懷璽 梁劉孝綽為鄱陽嗣王初
夢曲拊志惟熏佩握如檮
讓雍州表 臣聞大邦維屏既慙宗子之詩思樂頖宮有缺
僖公之頌特以周■九伯錫壤參虛漢啓一二■
分珪舊楚身私家慶總集微躬雍部襟帶跨制數州西拒嶢關
北跨鄧塞雖復呼韓來朝槀街納質二虜尋戈四郊无警猶當
王戎雅識羊祐尚義臣退求諸已 【章】梁沈約為晉安
无或宴安進思盡忠幾乎私竭
王謝南兗州章 臣以莱孱幼无秀業依天宅照藉海憑
瀾王爵早加藩麾夙樹進不能閑詩西
楚好禮北河退无以振采六條宣風万里懷慙起懼載溢心顏
而皇明輝燭照被彌遠遂乃徙旆淮區遷金齊服朱驂出邸青
組臨方瞻惟徽 又為安陸王謝荊州章 臣託景宸區
寵俯仰志厝 早延休寵身
班帝穆爵首蕃珪好禮慙河敦詩愧楚懸旆出關徒違絳闕擬
金入齊識謝戎麾而照臨彌廣復叨匪服紀南形勝任揔上游

西緯岷邛北繼嵴陜六轡在手猶或稱難羣牧稟威茲道孰易
是以攄清陛白布款幄垂霄塗嚴遠事隅披照腆冒斯顔膺此
謬荷祇奉兢
據罔知攸託

公主第六

叙事 昔堯女有娥皇女英舜妹有敤手
敤音欺禍反 舜女有宵明燭光湯有帝乙歸妹 即成湯妹
周武王之女嫁于陳故公主未有封邑之號至
周中葉天子嫁女于諸侯天子至尊不自主婚
必使諸侯同姓者主之始謂之公主秦代因之
亦曰公主史記云李斯男皆尚秦公主是也漢
制帝女爲公主帝姊妹爲長公主帝姑爲大長

公主後漢制皇女皆封縣公主儀服同蕃王其
尊崇者加號長公主諸王女皆封鄉亭公主儀
服同鄉亭侯 范曄後漢書曰章帝封東平憲王蒼琅邪孝王京女為縣公主其後安帝妹亦封長公主同於皇女封縣公主者所生之子襲母封為列侯後皆傳国鄉亭之封則不傳 自晉之後帝女
依西漢曰公主帝之姑姊並曰長公主自漢已
來皆別置第舍府屬至隋省府屬 並見齊職儀及晉代百官志
唐神龍初又置府屬景龍末復省

事對 歸妹
降嬪 應劭風俗通曰易稱帝乙歸妹以祉元吉婦人謂嫁娶之禮曰歸其妹於諸侯耳終吉也尚書曰釐降二女于嬀汭嬪于虞注云降下也嬪婦也沈約宋書曰江教尚孝武帝女表讓婚曰伏承詔旨當以臨海公主降嬪榮出望表恩

加典外

節義　肅雍 范曄後漢書曰鄧晨初娶光武姊元及漢兵起晨將會賓客棘陽漢兵敗姊元亡光武即位封晨房子侯帝感悼姊歿於亂追封謚元為新野節義長公主立廟於縣西詩云曷不肅雍王姬之車謂平王之女嫁稱侯也

金根　銅縷 魏收後魏書曰金根車公主封君皆得乗之但右騑而已續漢書曰印璽綬王公王匣銀縷夫人賓人長公主銅縷

賜金　獻珠 漢書曰孝武衛皇后字子夫為平陽公主善謳者武帝即位數年无子過平陽公主既飲謳者進帝獨悅子夫帝起更衣子夫侍尚衣軒中得幸還坐悅甚賜平陽公主金千斤列仙傳曰朱仲會稽市販珠人高后募三寸珠乃詣闕上之珠好過度賜五百金魯元公主私以七百金從仲求珠獻四寸之珠

常山　沁水 魏收後漢魏曰陸昕之風望端雅尚獻帝女常山公主拜駙馬都尉公主奉姑有孝稱神龜初與穆氏琅邪長公主並為女侍中范曄後漢書曰竇憲字伯度女弟立為皇后憲恃宮掖聲勢遂以縣直請奪沁水公主園

金鄉　蘭陵 魏末傳曰何晏婦金鄉公主即晏同母妹公主賢明謂其母沛王太妃曰晏為惡日甚將不保身毋笑曰汝得无茹晏耶魏收後魏書曰劉暉字重昌正始初尚蘭陵長公主孝明第爵

清河　臨海 魚豢魏略曰東將初之植到關自念有過且當謝帝乃留其從官着關東將初使人微行宜見清河公主欲因主以謝而關吏以聞帝使人逆之不用太后以為自殺對帝泣晉中興書曰臨海公主惠帝女羊后所生初封清河公主未出適值永嘉亂

鄂邑　襄城 漢書曰昭帝始立年八歲帝長姊鄂邑蓋長公主居禁中共養帝蓋公主私通客河[redacted]聞于外人上與大將軍聞之不絕有詔外人侍長主晉中興書曰王敦字處仲尚武帝女襄城公主天下大亂敦將還臺悉以主嫁時侍婢百餘人配給將士金寶一時棄捐

同姓主　列侯尚 同姓主見敘事應劭風俗通曰列侯尚公主国人尚翁主以妻制夫陽屈於陰爾

妻單于　娉昆莫 漢書曰單于兵強數苦北邊上問婁敬曰陛下誠能以嫡公主妻單于厚奉遺之彼知漢女送厚蠻夷必慕以為閼氏生子必為太子豈曾聞外孫敢與大父抗禮哉又曰烏孫以馬千疋娉漢女元封中遣江都王建女細君為公主以妻焉贈送甚厚烏

孫晁莫以為右夫人 出紫微 加緑綬 左九嬪上万年公主諫曰篤生公主誕應休期秀出紫微日輝月朗臧榮緒晉書曰帝之姑姊妹皆為長公主加緑綬

為子求郎 為子贖罪 後漢書曰館陶公主為子求郎明帝不許而賜錢千万謂羣臣曰郎官上應列宿出宰百里非其人民受其殃是以難之漢書曰林慮公主子昭平君尚武帝女夷安公主林慮困病以金千斤錢千万為昭平君贖死罪帝許之林慮公主卒昭平日驕醉殺主傅毋繫獄廷尉上請左右為前入贖陛下許之帝曰吾姊老有是一子死以囑我於是為之垂涕良久曰法令先帝所造因姊故而誣先帝之法吾何面目入高廟乎遂可其奏

董宣扣馬 高穆破車 范曄後漢書曰董宣為洛陽令時湖陽公主蒼頭白日殺人因匿主家吏不能得及主出行而以奴驂乘宣於夏門亭候之乃駐車扣馬以刀畫地大言數主之失叱奴下車因格殺之魏收後魏書曰高道穆為御史尉莊帝姊壽陽公主行犯清路執赤棒卒呵之不止穆令捧破其車公主深以為恨泣以訴帝帝謂主曰高中尉清貞之人彼所行者公事豈可以

私責之

下天孫之津 降帝子之渚 史記天官書曰婺女織女天女孫也楚辭云帝子降兮北渚目眇眇兮愁予王逸注云帝子堯子也

李嶠長寧公主東莊侍宴詩 別業臨青甸鳴鸞降紫霄長筵鵷鷺集仙管鳳凰調樹接南山近煙含北渚遙承恩咸以醉恋賞未還鑣

崔湜長寧公主東莊侍宴詩 沁園東郭外袤駕一遊盤水樹宣時涉山樓尚晚看席臨大女貴林接近臣歡聖藻懸辰象微臣切仰觀

李適長寧公主東莊侍宴詩 鳳樓紆睿幸龍舸暢宸襟歌舞平陽第園亭沁水林山花添聖酒澗竹繞薰琴願奉瑶池駕千春侍德音

李乂長寧公主東莊侍宴詩 紫禁乘雷動青門訪水嬉上台鑪■慶仙女鳳樓期合宴簪紳滿承恩雨露滋北辰還捧日東館幸逢時

又奉和幸長寧公主莊詩 平陽舘外有仙家沁水園中好物華地出東郊迴日駁城臨南斗度雲車風泉韻繞幽林竹雨霰光搖雜

樹花巳慶時來千億壽還言日暮九重𨻶徐彥伯奉和送金城公主詩鳳屋
伶簫曲鸞闈念掌珍羌庭遥築館廟策重和親星轉天河夕花移海樹春聖情悽送遠留蹕望行塵閻朝隱奉
和送金城公主詩甥舅重親地君臣厚義鄉還將貴公主嫁弟褥氈王鹵簿山川闊琵琶道
路長迥瞻父母国日出在東方

誄 魏陳王曹植平原懿公主誄曰於維懿主瑛瑤其質協策應期含英秀出岐嶷之姿實朗實一在生十旬察人識物儀同聖表聲協音律驪眉識往俛瞳知來求顏必笑和音即[redacted]阿保接手侍御充傍常在襁褓不停第床專燮一宮取玩聖皇何圖奄忽惟天之殃靈神遷移精爽翱翔號之不應聽之莫聆帝用吁嗟嗚咽失聲嗚呼哀哉怜爾早殁不逮光陰改封大郡惟帝舊疆建土開家邑移蕃王琨珮惟鮮朱紱斯煌国號既崇哀爾孤獨配爾名才華宗貴族爵以列侯銀艾優渥成禮于宮靈轜交轂生雖異室殁乃同岳爰搆玄宮啓扉二柩並降雙靈孰依人誰不没怜爾尚微晉潘岳南
陽長公主誄曰於穆献主奕代熙盛重作大司黎牧火正国之仁姑家之慈母天道輔仁宜享遐壽
如何短命曾不華首

駙馬第七

叙事 漢制天子以列侯尚公主諸侯以
國人承翁主崔浩義云尚承皆卑下之名也公主別立第舍太子之女則令列侯就第奉事之故尚公主諸王女則當国人來承事之皆不得謁見舅姑通問而巳天子尊令諸公代主婚故曰公主諸王卑則自主之故曰翁主後漢皇女為縣公主諸王女為鄉亭公主晉巳後王女為縣主魏晉之後尚公主皆拜
駙馬都尉初駙馬都尉漢武置也掌御馬說文云駙馬字從馬付聲一曰駙近也疾也應劭曰自上安下曰尉都謂揔領歷兩漢多宗室及外
戚與諸公子孫任之至魏何晏大將軍何進孫

以主壻拜駙馬都尉其後杜預尚晉宣帝女高
陸公主拜駙馬都尉王濟尚晉文帝女常山公
主拜駙馬都尉後代因魏晉以爲恒無尚公主
則拜駙馬都尉出漢書及齊職儀又晉書傳宣尚晉武帝女弘農公主桓温尚元帝女南康公主荀
羨尚元帝潯陽公主劉惔尚晉明帝女廬陵公主皆拜駙馬都尉

事對

名才　貴族 名才見下江斆表曹植平原公主誄曰配尔名才華宗貴族爵以列侯銀艾優渥

天姻　國婚 天姻見下江斆表荀羨字令則年十五擬国婚之選羨不欲連姻帝室乃遠遁長沙監司追尋不獲已遂尚潯陽公主出荀氏家傳

同輿　連日 魏收後魏書曰馮誕字子正与高祖同歲幼侍書斈特蒙親待尚高祖妹樂安公主拜駙馬都尉高祖寵誕同輿而載同按而食同席而坐卧謝萬駙馬都尉劉真長誄曰弱冠振纓結婚帝室綢繆姻婭連光雲日

降鶴　賜駿 劉向列仙傳曰簫史善吹簫能招白鶴鼓弄玉鳳鳴居數十年吹簫作鳳聲鳳皇來止其屋為作鳳臺夫婦止其上一日皆隨鳳飛去案弄玉秦穆公女也後魏書曰宿石元明帝時拜中壘將軍嘗從獵帝親欲射虎石扣馬諫引帝上高原上後虎騰躍殺人詔石為忠臣切諫免虎之害賜馬一疋尚上谷公主拜駙馬都尉

傳粉　吹簫 魚豢魏略曰何晏字平叔美姿儀面絶白魏帝疑其傳粉後至夏月喚來而与熱湯餅大汗出遂以朱衣自拭色轉皎然帝始信之吹簫見上降鶴注中

二主同家　三尚異穴 范曄後漢書曰竇融長子穆尚内黄公主又子固尚温陽公主竇氏一公兩侯二公主後魏書曰劉昶尚武邑公主主薨更尚建興公主又薨更尚平陽長公[redacted]及昶終与三公主同塋異宜

楊喬閉口　宋弘不諧 謝承後漢書曰楊喬為尚書容儀偉麗數上書言政事恒帝愛其才貌詔妻以公主喬固讓不聽遂閉口不食七日而死范曄後漢書曰光武姊湖陽公主新寡帝共論朝臣微觀其意主曰宋公威容德器羣臣莫及帝曰方且圖之後弘被引見帝令坐屏風後因

謂弘曰諺云富易交貴易妻人情乎弘曰臣聞貧賤之交不可忘糟糠之妻不下堂帝顧謂主曰事不諧矣

【制】唐中宗賜駙馬封制

門下特進行右散騎常侍駙馬都尉觀国公楊慎■分榮戚里藉寵公門恭肅著於立身恪勤効於從政鳳凰樓上宛符琴瑟之歡烏鵲橋前載叶松蘿之契宜覃茅土式廣山河

【表】宋虞通之為江斅讓尚公主表

伏承詔旨當以臨海公主降嬪榮出望表恩加典外顧審輶蔽伏用憂惶臣寒門悴族人凡質陋閭閻有對本隔天姻如臣素流家貧業寡年近將冠皆已有室荆釵布裙足得成禮自晋氏已來配尚公主者雖累經華冑函有才名至如王敦懾氣桓溫斂威真長佯愚以固辭子敬奔走以求免王偃无仲都之質而裸雪於北階何瑀闕龍工之姿而見投於深井謝莊殆自害於矇瞍殷仲幾不免於強鉏制勒甚於僕隷防閑過於婢妾往來出入人理之常當待賓客朋從之義而令掃轍息駕无窺門之期廢筵抽席絕接對之理非唯交友離異乃兄弟疏闊姆妳爭媚相勸以嚴媚媪競前相諂以急其間又有應答問訊卜筮師母乃至殘餘飲食詰辨與誰衣被故弊必責頭領

或進不獲前或入不聽出不入則嫌於欲疏求出則疑有別意召必以三更為期遣必以日出為限夕不見晚魄朝不識曙星至於夜步月而弄琴晝拱袂而披卷一生之内與此長乖又聲影才聞少婢奔迸裾袂向席則醜老叢來左右整刷以疑寵見嫌賓客未冠以少容致斥如臣門分代荷殊榮足定家聲使預提拂青宮美官或由才升一叨婚戚咸成恩假是以仰冒非宜披露丹質非唯上陳一巳規全身願寔乃廣申諸門受患之切伏願大慈照察特賜蠲停若恩制頻降披請不申便當刊膚剪髮投山竄海云云

初學記卷第十

初學記卷第十一

職官部上

錫山安國校刊

太師太傅太保一　太尉司徒司空三　尚書令三
僕射四　諸曹尚書五　吏部尚書六
左右丞七　侍郎八 郎中員外郎附　中書令九
中書侍郎十　中書舍人十一

太師太傅太保第一

叙事 漢官儀云太師太傅太保皆古官也殷太甲時伊尹爲太保紂時胥餘爲太師武王克殷作周官立太師太傅太保爲三公 應劭云太師天子所師法也太傅謂傅相天子於德義太保謂保安天子於德義舊說以司馬司徒司空爲三公周以司馬司徒司空司寇冢宰宗伯爲六卿遂以師傅保爲三公 書云維茲三公論道經邦是也太師在太傅上太保次太傅無官屬與王同職無不揔統禮記云三公無官言有其人然後充之無其人則闕 周武王時齊太公爲太師成王時周公爲太傅召公爲太保 秦漢之際並無其官至高后唯置太傅 王陵爲太傅 漢末以大司馬大司徒大司空爲三公立師傅保之官位在三公上崇號爲上公 平帝時以孔光爲太傅遷太師王舜爲太保馬宫爲太師 東漢巳後皆以太尉司徒司空爲

三公 太尉與大司馬恒不兩置歷代或以太尉或以大司馬爲三公 師傅保常曰上公後魏書官氏志云後魏尊師傅保爲三師五代史百官志云北齊因後魏亦曰三師後周依周禮又以師傅保爲三公隋初又爲三師煬帝廢之自漢魏已來皆開府置寮屬至隋省寮屬

事對

三足 六符 環濟要畧曰三公者象鼎三足共承其上也漢書云六符孟康注曰泰階三台也始三星凡六星也六符星之符驗也應劭云黃帝六符經曰泰階天之三階

黃閣 綠綟 沈約宋書云三公黃閤前史无其義臣按禮記云士韠與天子同公侯大夫即異鄭玄注云三公之與天子禮數相亞故黃其閤以示謙不敢斥天子宜是漢末制也晉官品令曰三公緑綟綬也綟音戾

槐位 台階 周禮曰三槐三公位焉台

階見上

法三光 象五岳 韓非曰背私曰公三公象鼎足也數三者法三光春秋漢含孳曰舉三公象五岳

理陰陽 節風雨 傅子曰三公者佐天子理陰陽劉向說苑曰三公正天下調陰陽節風雨已上三公三師事

經邦事 秉國均 尚書曰立太師太傅太保孔安国注云師天子所法也佐王論道以經緯国事有德乃堪之詩曰尹氏太師維周之氐秉国之均四方是維天子是毗俾民不迷鄭箋云毗輔也言尹氏居太師之官持国政之平維制四方

毗天子 備國師 詩云天子是毗已見秉国均注中續漢書曰趙典篤學博聞宜備国師国師即太師也

爕陰陽 經禮樂 尚書曰立太師太傅太保惟茲三公論道經邦爕理陰陽孔安国傳曰師天子所師法惟三公之任佐王論道經緯国事和理陰陽大戴禮曰天子不論於先聖王之德不知軍国畜民之道不見禮樂之正不察應事之理不博古之典傳不閑於威儀之數禮樂无經學業不法凡是其屬太師訓之

訓帝躬 持國政 應劭漢官儀曰平帝元始元年孔光以太師見授太

后曰太師先聖人之後道術通明宜居四
輔職訓導帝躬持国政事見秉国均注 **得於磻溪** **賜**
以靈壽 史記曰周文王得吕尚於磻溪以爲師謂之太公武王嗣位號曰師尚父成王即政尊爲太師詩云惟師
尚父時惟鷹揚應劭漢官儀曰孝平皇帝元始元年太后詔曰
太師光今年老有疾俊乂大臣惟国之重書曰无遺老成国之
將興尊師重傅其令太師无朝十日一賜餐賜以靈壽杖黄
門令爲太師於省中施坐置几太師入省杖焉已上太師事 **元**
老 **中庸** 東觀漢記曰詔云行太尉事趙熹三葉在位爲国元老其以熹爲太傅時年八十而心力克壯
繼母在朝夕瞻省傍无几杖言不稱老達練事躰明解朝章雖
无謇直之風屢有補闕之益故京師諺曰萬事不理問伯始天
下中庸有胡公 **相天子** **録尚書** 尚書曰立太師太傅太保惟茲三公論道經邦孔安國注云傅
傅相天子續漢書云太傅一人當以善道无常職世祖以卓
茂爲之其後每帝即位輙置太傅一人録尚書事薨輙省之 **三**
讓高 **萬事理** 應劭漢官云和帝冊曰故太尉鄧彪元功之族三讓彌高今以彪爲太傅録尚書事

吴

安椎坡舘
百官總已以聽萬事理見上 **明朝章** **戒戎事** 明朝章見中庸注大戴禮曰天子不惠於
庶人不信於諸侯不戒於戎事凡是之屬太傅之任 **三葉在位** **百官總已** 三葉見趙
熹注中又百官總已見三讓注已上太傅事 **上公** **元老** 上公已見叙事王隱晉書曰王祥字休徵
拜太保制曰耆艾元老高行清粹朕所毗倚以崇道弘化 **安天子** **諫王惡** 尚書云太師太傅太
保惟茲三公論道經邦注云太保保安天子於德義周禮保氏掌諫王惡注云諫者以禮義正之也 **任伊尹**
職召公 齊職儀云殷太甲時伊尹爲太保周成王時召公爲太保 **明允篤誠** **高行**
清粹 晉起居注云太保衞瓘明允篤誠有匪躬之志其給千兵騎百人高行清粹見元老注已上太保事 **表**
陳沈炯爲太傅讓表 奏六代之樂不能祈天具百神之歌无以動聖延首帝閽轉增危慄
百川沸騰王室如燬釋位同謀諸侯捴至盟書會府餘臣一人
若使幅巾衡巷口絶平吳朝遊赤松暮過濟北出就侯服入虢

龍章則四郊有壘誰守社稷如其雄戟在前強弩自衛負孺子之圖飾緑鶴之鼎軍感重於護將国禮貴於塞門臣道尚畢執云非過臣所以出謝公卿入訓妻子拜長陵之園謁太祖之廟不以九族違心義不以百代負国家所期陛下并北極同尊朝廷并南山等固

碑

周王褒太保吴武公尉遲綱碑

昔者王室蕃屏同族謂之宗親列国諸侯異姓稱為伯舅元勳懿德周崇齊楚之霸跳爵疇庸漢重韓吳之秩司勳載其洪烈典冊備其徽章山甫式列辟之功紀績庸器莊叔臣成獻之辭昭德彝鼎鴻名盛業公實兼焉公命代挺生膺期間出嵩高峻極降惟岳之上靈霜露所均躰中和之秀氣寒松擢本且觀後凋之質貞桂挺生便結冬華之葉固以辰昴膺慶風雲交感者焉公柔順内凝英華外發斧藻仁義珪璋令範危勁之節貫四序而踰秀堅貞之操經百鍊而无銷加以逢蒙射法袁中戟枝養由箭道遥穿懸葉巧極將軍之伎精窮校尉之官及年踰艾服任崇台衮甲第當衢傳呼啓路不以寵貴驕人每以卑謙自牧易簀之言无忘寢蔡城郢之志終於瞑目銘曰珠角膺期山庭表德出忠入孝自家刑国人物冠冕彝章表則任屬屯警官聯樞侍行

部六條議班三史逝水詎停光陰不借遽辞逆旅俄悲恒化旌舒夏練棺陳衛幕北郭人稀西山景落三千不見九原誰作銘兹鼎鼒鼎永傳嵩霍

太尉司徒司空第二

叙事

齊職儀云皆古官也應劭云自上安下曰尉魚豢曰太尉掌武事古者兵獄官皆以尉為稱尉罰也言兵獄羅罰也言兵獄羅罰姦非又應劭云徒衆也司徒主人衆也空穴也司空主土古者穴居主穿土為穴以居人也堯時舜為太尉舜時契為司徒禹為司空古亦為三公之職其後常以太尉與太司馬迭置不兩立有大司馬則不置太尉歷代皆然周以太師太傅太保為三公以大司馬大司徒大司空與大司寇大冢宰大宗伯為六卿至西漢

南先賢傳曰陳蕃拜太尉讓曰齊七政訓五兵臣不如議郎王暢

歎黃憲 **舉蔡謨** 謝承後漢書曰陳蕃拜太尉臨朝歎曰黃憲若在不敢先佩印綬晉書郗鑒字道徽進祿太尉疾篤舉蔡謨自代

置屏風 **賜錦被** 謝承後漢書曰鄭弘字巨君爲太尉主將第五倫爲司空班位在下每正朝見弘曲躬自卑帝知遂置雲母屏風分隔之由此以爲故事又劉寵字仲威爲太尉家食脫粟飯卧布被朝廷賜錦被梁肉皆不敢當受已上太尉事

邦教 **地征** 周禮大司徒之職乃立地官司徒使帥其屬而掌邦教以佐王安擾邦国鄭玄注云所以親百姓訓五品也擾亦安也又曰以土均之法辨五物九等制天下之地征鄭玄注曰均平也五物五土所生之物也九等騂剛赤緹墳壤渴澤鹹瀉勃壤埴壚強㯺輕爂之屬征稅也

五禮 **六樂** 周禮大司徒之職以五礼防万民之僞而教之中鄭玄注礼所以節止人之侈僞使其得中又曰以六樂防万民之情而教之和注曰樂以蕩正人之情思使其心和

度地 **辯土** 周禮大司徒之職凡建邦国以土圭土其地而制其域注曰土其地猶言度其地又

曰以土宜之法辨十有二土之名物注曰十有二土分野十有二邦也上繫十二次各有所宜

七政 **五教** 常璩華陽国志曰自建武之後群儒修業開案圖緯漢之宰相當出坤鄉於是司徒李公屢登七政太傅于堅奕代論道尚書帝曰契百姓不親五品不遜汝作司徒敬敷五教在寬注曰五常之教務在寬也

夢松 **取穗** 張勃吳録曰丁固爲司徒初爲尚書夢松樹生其腹上謂人曰松字十八公也後十八年吾當爲公乎遂如夢焉范曄後漢書曰蔡茂字子禮建武二十年代戴涉爲司徒在職清儉匪懈茂初在廣漢夢在大殿之極上有三穗禾茂跳取之得其中穗輙復失之主簿郭賀離席慶曰大殿者官府之形象也極而有禾人臣之上祿也取其中穗中台之位於字禾失爲秩雖曰失之乃以得祿秩也袞職有闕君其補之旬月而茂徵焉辟賀爲掾

銅臭 **象籌** 司馬彪九州春秋曰靈帝賣官廷尉崔烈入錢五百万以買司徒烈子均字孔平亦有特名烈問曰吾作公天下人謂何如對曰大人少有高名不謂不當爲公今登其位海内嫌其銅臭烈舉杖擊之均走烈曰子捘父撾而走可謂孝乎均曰舜之事父小杖則受

大杖而走不陷父於不義烈曰爾以吾爲瞽瞍耶又王隱晉書曰王戎代王渾爲司徒常以象牙籌晝夜計家財遠及田牧性又至儉不自奉養欲飲食取足財不出外天下謂之膏肓疾

明七教　修六禮　禮記曰司徒明七教以興民德又曰司徒修六禮以節民性

敷五典　齊八政　尚書曰司徒掌邦教敷五典擾兆民注云敷布也主国教化布五常之教以安和天下之衆民也禮記曰司徒齊八政以防淫巳上見司徒事

別五土　決九州　家語孔子爲司空乃別五土之性而物其所生之宜魚豢典略曰禹爲司空披九山通九澤次九州使各以其職來貢也方五千里至于荒服

作地圖　掌邦事　王隱晉書曰裴秀字季彦爲司空作禹貢地域圖事成奏上藏於祕府爲時名公禮記曰司空執度度地鄭玄曰司空冬官卿掌邦事也

通九澤　居四民　通九澤見九州注尚書曰司空掌邦土居民時地利注曰冬官卿主国空土以居士農工商四民使順天時分地利也

造宮室　平水土　鄭玄注考工記司空掌營城郭建邦邑立社稷宗廟造宮室車服器械監百工唐虞以上曰共工尚書曰四岳僉曰伯禹作司空帝曰俞咨禹汝平水土惟時懋注懋勉也

李通讖　王梁符　華嶠後漢書曰李通字次元以讖記說光武爲大司空又曰王梁字君嚴拜大司空赤伏符曰王良主衛作玄武上以野王本衛地徙玄武水神司空水土之官於是擢拜梁也

赤伏符　素絲節　華嶠後漢書曰王梁爲野王令赤伏符曰王良主衛作玄武玄武水神司空水土之官於是擢梁拜大司空晉起居注曰武帝詔鄭袤曰躬行純正履道沖粹退有清和之風進有素絲之節宜齊三階之曜補袞職之闕其以袞爲司空

諮政化　勸德風　荀彧家傳曰顗爲司空文帝平蜀議復五等表魏朝使公定禮儀中護軍賈充正法律尚書僕射裴秀議官制公遂刪定舊文行正式爲一代之典書成奏上藏於祕府其服色旗幟法駕之式禮樂犧牲柴燎之典祫禘遷毀配食之制及於明堂辟雍之儀皆云所議定朝廷歸其美公既爲台輔德望清重加以留心禮教以年耆多疾不數朝見詔使侍中任愷諮問政化所宜行否又華嶠後漢書第五倫雖峭直然常以中興已來二主好更化俗尚苛

□政化之本宜先以寬和及爲三公值章帝長者多恕屢有善政倫上跡褎稱盛美因以勸成德風也數月超

百日至漢書曰朱博字子元以京兆尹數月超爲大司空范曄後漢書荀爽固辭徵聘不得已乃行起家百日至司空已上司空事

讚

晉孫綽賀司空循像讚 思文公侯誕保休祥

素質玉潔華藻金章總角韞德被褐韜光自昔喪亂鉦鼓日震
禮樂藏器詩書蒙塵哲人遐慨番模澄神伸嗣洙泗揚波絕津
方曜金鉉協贊衡機昊天不弔曾不慭遺
搢紳頹範皇德莫毗公之云殂華裔同悲

箴

後漢崔駰

太尉箴 天官冢宰庶寮之率師錫有帝命虞作尉爰叶台極
爰平国域制軍詰禁王旅惟式九州用綏群公咸治
干戈載戢宿纏其紀上之云據下之云戴苟非其人戮我帝載
昔周人思文公而召南詠甘棠昆吾崇夏伊尹嘉商季葉頹僻
禮用不臣无曰我強莫余敢喪无曰我大輊戰
好殺紂師百万卒以不艾宰臣司馬敢告在際

又司徒箴

天鑒在下仁德是興乃立司徒亂茲黎蒸茫茫庶域率土祁祁
人具爾瞻四方是維乾乾夕惕靡怠靡違敬敷五教九德咸事

 高陆

嗇人用章黜吒是富无曰余悖忘于爾輔无曰余聖以忽執政
匪用其良乃荒厥命庶績不怡疚于爾祿豊有折肱而鼎覆其
餗書歌股肱詩刺南山尹氏不堪
国度斯僁徒臣司衆敢告執藩

又司空箴 普彼坤靈侔天作則分制

五服劃爲万国乃立地官空惟是職茫茫九州都鄙盈區綱以
羣牧綴以方侯列列雋乂翼翼王臣臣當其官官宜其人一[redacted]
之政七賦以均昔在季葉班祿遺賢掊克充朝而象恭滔天匪
人斯力匪政斯教流貨市寵而苞苴是饗王路斯蕪孰不傾覆
空臣司土
敢告在側

章

宋謝莊北中郎謝兼司徒章 臣聞燮理

陰陽寅亮天地不惟其官无人則闕司徒掌敷五典職擾兆人
豈悟乾靈罔遺光渥方闡不次之任殊絕藩岳豈司權[redacted]二事
假脩六符慙震
周廻顧步交悴

碑

後漢蔡邕楊太尉碑銘曰 天監有漢誕生

元輔代作三事勳在王府乃及尹公克光前
矩悉心畢力胤其祖武化洽羣生澤浹區宇

墓誌

沈約齊太尉文憲公王墓誌銘曰 德備九官功包十亂帝圖必舉王猷僭煥斯謂國楨是惟

人翰翺翔禮闈優游文舘祕義烟涌瓌辭雨散揆路揚輝台庭改觀方翊升平夔茲天綱福履每騫降年多爽微言永謝庶寮誰仰

尚書令第三

叙事

尚書秦置也尚書曰龍命汝作納言詩云仲山甫出納王命王之喉舌並尚書之任也周官有司會鄭玄注若今尚書耳天文志斗魁六星曰文昌宮荀綽云尚書是謂文昌天府也蕭望之云尚書百官之本後漢李固上書云國家有尚書猶天有北斗主爲喉舌斟酌元氣漢官云初秦代少府遣吏四人在殿中主發書故號尚書尚猶主也漢因秦置之漢猶隷少府魏晉已後政歸臺閣則不復隷矣故尚書爲中臺謁者爲外臺御史爲憲臺謂之三臺齊職儀云魏晉宋齊並曰尚書臺五代史志云梁陳後魏北齊隋則曰尚書省唐龍朔二年更名中臺咸亨初復爲尚書省光宅初更名文昌臺長安初又爲中臺神龍初並復舊爲尚書省案尚書令秦官漢因之漢官云漢初並用士人爲尚書令秩二千石至漢武帝别置謁者令用宦者遂省尚書官成帝罷中書官更以士人爲尚書令而至爲臺主主贊奏典綱紀又東漢與司隷校尉御史中丞皆專席坐京師號曰三獨坐也晉公卿禮秩云尚書令拜則冊命薨則於朝堂發哀五代史百官志云尚書令至梁加秩中二千石漢官云尚書令秩千石公爲之增至

二千石秦漢秩有中二千石眞二千石比二千石凡四等比二千石月得
粟百石二千石月得粟百二十石眞二千石月得粟百五十石
其下三等雖號二千石其數實不至也唯中二千石月得粟百
八十石率一歲得二千一百六十石中猶滿也言其滿二千石
然則古三石雅今一石耳至陳加品至第一其後並因之而不
改自魏巳來尚書令品並第三**事對**中臺　上省中臺見敘事十洲記曰崇禮門
在東掖門內路西即尚書省崇禮門東建禮門內即是尚書令下舍之門天府　仙臺荀綽晉百官表
注曰尚書爲文昌天府司馬彪續漢官志云尚書省在神仙門內王筠和劉尚書詩曰客館動秋光仙臺起寒霧天
閣　禮闈宋元嘉起居注曰尚書左丞袁瑶啓領曹郎中荀万秋每設事緣私遊肆其所之豈可復叅列
士林編名天閣請免万秋所居官李充懷愁賦曰在中秋之遥夜兮直崇禮之禁闈天臺　畫省傅玄
荅下卒詩序曰尚書左丞彈八座以下居万事之會斯乃皇朝之司直天臺之管轄蔡質漢官典職曰尚書奏事於明光殿省

中書古烈士畫行書讚司會　文昌周禮天官司會之職鄭玄注曰會大計也司會主天下之大計
計言之長若今之尚書矣文昌事已見天府注中出納詔命　通掌圖書漢官
解誌曰尚書出納詔命齊衆喉舌司馬彪續漢書曰成帝建始四年罷中書官初置尚書員五人一人爲僕射分爲四曹通掌
圖書祕記章奏各有曹任巳上摠載尚書都省八座　三獨續漢書曰光武帝又分增三公曹爲二曹
其一曹主歲終書課諸州郡事改常侍曹爲吏曹主選舉祠祀民曹主繕功作塩池苑囿客曹主護駕羌胡朝賀二千石曹主
辭訟中都官主水火盗賊三公爲六曹并令僕二人謂之八座三獨見敘事專席　迴車應劭漢官
曰尚書令秦官銅印墨綬司隷校尉御史中丞尚書令皆專席坐京師號曰三獨坐言其尊重魏文帝嘗卒至尚書門尚書令
陳矯跪問陛下欲何之帝曰欲案行文書耳矯曰此臣職分非陛下所宜臨也帝慙迴車而返漢官云尚書官出百官寮皆迴
車避也黑軺　絳服徐廣車服儀制曰尚書令軺車黑耳後戶齋職儀曰尚書令品第三秩千石絳

朝服佩水蒼玉 方峻 博朗 續漢書曰陳蕃性方峻徵爲尚書令晉中興書曰刁協遷尚書令詔曰尚書令協抗志高亮才鑒博朗朕甚喜之 在位肅 舉朝憚 張璠漢記曰左雄爲尚書令限年四十九試經然後舉孝廉故雄爲令在位者各自肅晉中興書曰下壺爲尚書令司徒王導稱疾不朝壺奏導專任无敬事寢不行舉朝憚壺 納言幘 進賢冠 荀綽晉百官表注曰尚書令銅印墨綬五時朝服納言幘又曰尚書令進賢兩梁冠佩水蒼玉 黒耳車 形管珥 徐廣車服儀制曰尚書令軺車黒耳後戶應璩新詩曰形管珥納言貂璫表武弁 明習故事 識了舊典 東觀漢記曰樊準字幼淸爲尚書令明漢家故事熊遠啓曰伏見吏部以太尉荀組爲尚書令領豫州組朝之素望識了舊典不應處外

文

陳後主授江揔尚書令冊文 夫文昌政本司會化經韋彪謂之樞機李固方之斗極況其五曹斯綜百揆是諧同冢宰之司專臺閣之任惟爾道業標峻宇量弘深勝範清規風流以爲準的儒宗學府衣冠以爲領袖故能師長六官具瞻允塞明府入座儀形載遠其端朝握揆朕所望焉往欽哉懋建爾徽猷亮采我邦国可不愼歟

箴

晉張華尚書令箴 明明先王開国承家作制垂憲仰觀列曜俯令百官政用冏然昔舜納大麓七政以齊內成外平而風雨不迷山甫翼周靡剛靡柔補我袞職闡我王猷王猷允塞而四海咸休雖曰聖明必賴良材无曰我智官不任能發言如絲其出成綸王季道缺天網縱替既无老成敗舊法制法制不脩不長厥裔尚臣司臺敢言侍衛

啓

隋江揔除尚書令斷表後啓 司會化本冢宰朝端搢紳所屬儀形攸在皇世以来无人則闕陛下將備厥用以穆具僚不容始自庸菲以謹物議當今藩翰至戚不无其人廊廟重臣亦有其器伏願愼俞往之則闡平章之道臣沿心布欵有理存焉

僕射第四

敘事 僕射秦官僕主也古者重武故官曹之長主領其屬而習於射事也 漢書百官表曰自侍中尚書博

士郎軍屯吏馬宰永巷皆有僕射隨所領之事以爲號若尚書則名曰尚書僕射 漢因秦本置一
人至獻帝以執金吾榮劭爲尚書左僕射分置
左右蓋始於此秦漢秩六百石公爲 增至二
千石至梁加秩中二千石自魏以來品第三至
陳加品第二自魏晉以來省置無恒置二則左
右僕射或不兩置曰尚書僕射自東晉以來祠
部尚書多不置以右僕射主之若左右僕射並
闕則置尚書僕射以掌主左事置祠部尚書以
掌右事然則尚書僕射與祠部尚書不恒置矣

巳上出齊職儀及五代史官志 唐龍朔二年改左右僕射曰左右
匡政咸亨初復舊光宅初改爲左右相神龍初
復舊開元初又改曰左右丞相

事對

蒼玉 皂襜 晉百官表注曰僕射一人銅印墨綬五時朝服納言幘進賢冠佩水蒼玉官品第三俸月四十五石東觀漢記曰鮑永字君長拜僕射行將軍事將兵安集河東永好文德雖行將軍常皂襜路稱鮑尚書兵

排閤 曳履 鍾離意別傳曰意爲尚書僕射其年匈奴來降詔賜縑三百疋尚書侍郎暨酆受詔誤以三千疋賜匈奴詔大怒鞭酆欲死意獨排省閤入諫明帝以合大義恚損怒消帝謂意曰非鍾離尚書幾誤降威於此郎漢書曰鄭崇字子游爲尚書僕射數求見諫爭上初納用之每見曳革履上笑曰我識鄭尚書履聲

清恪 忠允 先賢傳行狀曰毛玠字孝先爲尚書僕射在官清恪晉起居注曰尚書高陽王珪忠允善政以珪爲右僕射

攝百揆 副端右 謝靈

運晉書曰古者重武事貴射御取其捷御如僕各置一人尚書六人謂之八座糸攝百揆出納王命古元凱之任也何法盛晉中興書曰顧和爲尚書僕射以毋老固辭詔勑諭特聽暮出朝還其優遇如是尋朝議以臨端右之副不宜處於外更加銀青光祿大夫

協宣庶績　揔統留事 晉起居注曰太康元年詔云尚書舊置左右僕射所以恢演政典協宣庶績魏志曰桓範薦徐宣爲僕射後加侍中光祿大夫車駕幸許昌揔統留事帝還主者奏呈文書詔曰吾省與僕射何異竟不視之

國之司直　官之師長 魏志曰毛玠字孝先爲尚書僕射時太子未定立臨淄王植有寵玠諫曰近袁紹以嫡庶不分覆宗滅国廢立大事非所宜聞會玠起更衣太祖謂曰国之司直我之周昌又曰文帝時欲以賈詡爲僕射曰尚書僕射官之師長天下所望詡名素不重非所以服人

五遷　四辭 范曄後漢書曰胡廣字伯始五遷尚書僕射王隱晉書曰荀顗代陳泰爲僕射領吏部四辝而後受張詮南燕書曰慕容德以右僕射封嵩爲左僕射尚書韓諄爲右僕射將嵩諄並年三十又以嵩弟融爲西中郎將諄

弟軌爲東中郎將嵩等俱拜帝臨軒詔令四人同入嵩等升殿方謝帝顧曰躍二龍於長衢騁雙驥於千里朝野榮之

二龍　雙驥

詩

梁任彥昇出郡傳舍哭范僕射詩 平生禮數絕式瞻在国楨一朝万化盡猶我故人情待時屬興運王佐俟人英結歡三十載生死一交情攜手遁衰孽接景事休明運阻衡言革時泰玉階平濬冲得茂彥夫子值狂生伊人有涇渭非余揚濁清將乖不忍別欲以遣離情不忍一辰意千齡万恨生已矣平生事詠歌盈篋笥兼復相嘲謔常與虛舟值何時見范侯還叙平生意與子別幾辰經塗不盈旬弗覩朱顏改徒想平生人寧知安歌日非君撤瑟辰已矣柰何歎輟春哀国均

任希古和左僕射燕公春日端居述懷詩 豐野光三傑嬀庭賛五臣綈緗歌美訔絲竹詠芳塵聖歷開環象昌年降甫申髙門非搢槃華構豈垂綸鳳邸摶霄翰龍池躍海鱗玉鼎昇黃閣金章謁紫宸禮闈逞政本文昌揔国均調風振薄俗清教正彝倫星廻庭緹管日御讋寅賓葉上曾槐変花發小堂春思挂東都冕言訪北山巾赫赫容臺上千祀耀平津

趙彥昭奉和悼

右僕射楊再思詩兩揆光天秩三朝奉帝熈何言集大鳥忽此喪元龜坐歎公槐落行聞宰樹悲鑿舟今已去宰有濟川時

表 陳徐陵讓左僕射表臣聞七十之歲揚雄擬經六十之年平津對策若斯强壯固无耆老臣勵則冑華軒冕才允卿相出納流耆舊朝野具瞻臣弘正國老儒宗情尚虛簡玄風勝業獨王當年臣重器懷沉密文史優裕東南貴秀朝廷親賢並克壯其猷皆宜左執若漢武好少則徵臣已老若周文愛老則有此羣伏願天明更謀梓匠求其妙選稱是能官

隋江揔讓尚書僕射表藻鏡官方品裁人物門驚如市不慙屋漏心抱如冰无欺暗室但屢淹星鳥每知忝素世網拘束事歸僶俛今此召會九增據茛切以端揆副職官稱師長革履升降傳呼寵赫儀形朝首冠冕彝倫兼復叅綜衡流臣佐聖治妄應重責必踐棟撓

諸曹尚書第五

敘事 諸曹尚書秦官也漢因之並用士人武帝改用宦者成帝又改用士人漢書云武帝遊宴後庭公卿不得入故用宦者典尚書置列曹尚書四員通掌圖書章奏之事各有其任一曰常侍曹二曰二千石曹三曰民曹四曰客曹光武分爲六曹分二千石曹爲二分客曹爲二改常侍曹爲吏部曹并一令一僕射謂之八座魏有五曹與二僕射一令謂之八座魏有吏部左民客曹五兵度支凡五曹尚書晉有六曹晉初置吏部三公客曹駕部屯田度支六尚書太康中有吏部殿中五兵田曹度支左民六尚書東晉有祠部吏部左民度支五兵五尚書宋有六曹宋加東都官尚書齊梁陳六曹齊曹名同宋氏後魏北齊六曹後魏北齊有吏部殿中祠部七兵都官度支後周依周禮置六官尚書之任隋氏六曹隋有吏部禮部兵部都官度支工部開皇三年改度支爲戶部都官爲刑部是也唐六

曹初置民部餘同隋氏貞觀末改民部爲度支尋復改爲戶部龍朔二年改尚書爲太常伯改吏部禮部戶部兵部刑部工部爲司列司禮司元司戎司刑司平則天后又依周禮六官也初宋齊梁陳四代復有起部尚書營宗廟則權置畢則省已上並漢官齊職儀及五代史百官志

事對

再昇　周歷謝承後漢書曰魏朗字少美入爲尚書再昇紫微饗譽禁省不屈豪右爲百寮所服以黨事免朗性矜嚴閉門整法長吏希見動有禮序室家相待如賓子孫如事嚴君焉又曰蔡邕字伯喈以侍書御史遷尚書三月之間周歷三臺遷侍中

委珠　賜劍謝承後漢書曰鍾離意字子阿明帝徵爲尚書交阯太守坐贓伏法以資物薄入大司農詔班賜群臣意得珠璣悉以委地而不拜帝怪問其故對曰臣聞孔子忍渴於盜泉之水曾參迴車於勝母之鄉惡其名也贓穢之寶不敢拜帝笑曰清乎尚書賜錢三十万東觀漢記曰章帝賜尚書劍各一手署姓名韓稜楚龍泉郅壽蜀漢文劍陳寵濟南鍛成一室兩刃其餘皆平劍其時論者以爲稜淵深有謀

故得龍泉壽明達有文章故得文劍寵敦朴有善於內不見於外故得鍛成劍皆因名而表意

白衣　文劍後漢書曰鄭均字仲虞爲尚書澹泊无欲以病乞骸骨終不肯起章帝車駕幸均舍勑賜尚書祿終其身時人號曰白衣尚書文劍已見上

歷三臺　任七年歷三臺見周歷注晉書杜預爲度支尚書在內七年損益万事酬酢諮諏不可勝紀

賜鍛成　封廣武華嶠後漢書曰陳寵字昭公以德行明敏入爲尚書寵性周密常稱人臣之義若不畏慎自在樞密謝門人不復教授知友時賜寵劍得鍛成劍以其敦朴晉書曰張華爲度支尚書決勝緣江地近万里始羊祜謂所親曰終吾事者唯當華耳卒如祜言封廣武縣侯

酬酢諮諏　嘉謀良圖酬酢諮諏見任七年注晉書云山濤轉尚書表辞才下年老詔曰方今多事嘉謀良圖委以老成也

朱穆正直　黃琬方毅謝承後漢書曰朱穆爲尚書讜言正直續漢書曰黃琬方毅廉貞爲侍中尚書

詩

宋顏延年直東宮荅鄭尚書

詩　皇居體裒極設險祇天工兩闈阻通軌對禁限清風跂予旅東館徒歌屬南墉寢興欝无已起觀辰漢中流雲靄青闕晧月鑒丹宮踟躕清防密徙倚恒漏窮君子吐芳訊感物側余褱惜无丘園秀景行彼高嵩

隋劉斌和許給事傷牛尚書詩　名臣不世出百工之所求況乃非常器遭逢興運秋符彩照千里銓衡綜九流經綸資博物樽俎寄皇猷韶濩傾復理典礼紊還脩雖貞棟梁任兼好藝文游伃聞和鼎實行當奉介丘高衢翻税駕閬水遽遷舟傳呼更何日曳履聞无由帰竃藐脩路征棹艤邪滸林薄長風慘江上寒雲愁夜臺終不曙遺芳徒自留

崔融戶部尚書挽歌詩　八座圖書委三臺章奏盈轝杯常有勸曳履忽无聲市若荆州罷池如薛縣平空餘濟南劍天子署高名

制

唐中宗授李承嘉戶部尚書制　門下紫極八座非德勿居丹屏六曹惟賢是擇金紫光禄大夫李承嘉靈襟峻嶷識宇嚴明早聞通德之名夙有大臣之望雄材逐日共騏驥而齊駈迅翼摶風與鵷鴻而並翥柏臺憲府高膺弄印之榮芝甸神州獨著題輿之任堅同白玉直若朱繩臺閣風生權豪氣懾洪材可重茂秩須崇宜加曳履之班式奬從橋之對

又授張錫工部尚書制　明光晝省務揔樞要建礼仙門職惟喉舌尚書左丞張錫白虹良寶紫電雄鋒家傳鵲印之祥地襲貂冠之緒文遒吐鳳思縟騰蛟質映南金材逾東箭自提綱左轄立惟中臺奏郭奕而无慙射崔洪而不愧紫樞佇俊彤管須賢宜升賜劒之榮式表委珠之綮

箴

後漢繁欽尚書箴　龍作納言帝命惟允山甫翼周實司喉吻赫赫禁臺万邦所庭无曰我平而慢爾衡无曰我審而怠爾明四岳阿骸績用不成虞登八凱五教聿清舉涉其私乃忝服榮正直是與伊道之經先人匪懈永世流聲君子下問敢告侍廷

表

梁蕭子範為兄宗正讓都官尚書表　納言之授皇命所由五星懸暉差池紫宮之曲百官根本聯曹達礼之門孔蔡該博垂芳於两京陳鍾令才比肩於魏代遜望前英俯循庸薄義无尸素理絶祗奉

吏部尚書第六

叙事　吏部尚書者初漢成帝置列

曹尚書四人其一曰常侍曹主丞相御史公卿事後漢初光武改常侍曹爲吏部曹主選舉齋祠事後漢末改爲選部曹魏代又爲吏部曹專掌選職右於諸曹尚書至宋置二吏部尚書尋復省一人 沈約宋書云初晉世散騎常侍選望与侍中不異其後職任材散用人益輕宋孝武欲重其選侍吏部尚書任重遂分吏部置三人以輕其任蔡興宗謂人曰選曹要重常侍閑談改之名而不以實雖主意以爲輕重人必豈有变 自漢及魏授此職者或云吏部尚書若授諸曹尚書直云尚書 漢魏晉世若授吏部者即云以某爲吏部尚書若授他曹云某爲尚書至晉宋齊已後始云某授工部刑部五兵度支等尚書耳 故歷代職官之書皆別紀吏部尚書不與諸曹同今書倣此云 並出漢官齊職儀及五代史百官志

事對

銓衡 品藻 何法盛晉中興書曰吳隱之字處默少有孝行与太常韓康伯隣居隱之母亡每哭康伯母輒泣涕悲不自勝既而語康伯曰汝後若居銓衡之職當用此人及康伯爲吏部尚書因進用之遂歷清望又李垂爲吏部尚書箴序曰重忝曹郎銓管九流品藻清濁雖祗慎莫知所寄

題才 著箴 裴頠言吏部尚書表曰臣少无鑒察之[illegible]長无題才之術李堅集曰重爲選曹尚書著選曹箴置之左右以明審才之官

庭牧馬 閣聚書 王隱晉書曰鄧攸爲吏部尚書當時清靜内外肅然牧馬於家庭妻息素食不受一錢沈約宋書曰少帝即位蔡廓爲吏部尚書不肯拜乃以王惠代焉被召即拜未嘗接客人有与書求官者輙聚於閣下

考簿世 調門戶 習鑿齒晉陽秋曰初陳羣爲吏部尚書制九格登用皆由於中正考之簿世然後授任王隱晉書曰王戎爲左僕射領吏部尚書自戎居選未嘗進一寒素退一虛名理一冤枉殺一疽嫉隨其沉浮門調戶選好

營生廣挍八方園田水碓周徧天下聚斂積實不知紀極清通簡要　祗慎廉平
劉義慶世說曰王濬仲裴叔則二人總角詣鍾士季須臾去後客問鍾曰二童是誰鍾曰裴楷清通王戎簡要後二十年此
賢爲吏部尚書冀爾時天下无滯才又季重選曹尚書箴序曰重忝曹郎銓管九流品藻清濁雖祗慎莫知所寄虞預晉書曰
處欽字子若少好學爲尚書僕射領吏部欽清實選舉稱爲廉平

箴　晉傅玄吏部尚書

箴　明明王範制爲九服君執常道臣有定職貴无常尊賤不恒卑不明厥德国用顛危昔舜舉禹咎繇而雋乂任官湯
舉阿衡而不仁流屏且表正而象平日夕而景側處喉舌者患銓衡之无常不患於不明故曰无謂隱微廢公任私无好自專
違衆取怨是以古之君子无親无踈縱心太輪修已以道弘道以身易貴好爵書慎官人官不可妄授職不可闇受能者養之
致福不能者弊之招咎衡臣司書敢告左右

表　梁沈約爲褚炫讓吏部尚書表　竊惟玄素未辨必謬朱紫之察規矩或昧理喪方圓之功東西兩漢左雄孤絕於前南北二晉山濤莫嗣於後

身由性藏於皃才隱乎心楚越无以況其迴殊山川未足方其險阻雖復挫暗爲明勉愚生智亦何以登奇收異離渭分涇

梁張纘讓吏部尚書表　漢華民曹魏仍東掾毛孝先以清公見美盧子若以貞固任職
降及晉世希覩其人樂彥輔雍容自守當時恨其寡言山巨源意在拔奇不免與世沉浮鄧攸牧馬家庭何益止競之操卞壼
如含瓦石未闡掄裁之功

隋江揔讓吏部尚書表　切以漢置五曹方今六尚魏隆
入座擬古六卿近喻喉舌遠譬樞斗如東京許郭西晉裴王仰首伸眉可得而論矣

左右丞第七

叙事　尚書丞秦官也漢因之至成帝
分置列曹尚書四員便置丞四人至光武減其
二唯置左右二丞丞承也言承助令僕揔理臺
事尚書令與左丞揔領紀綱僕射與右丞掌禀

假財穀魏晉以來左丞得彈奏八座故傳咸云
斯乃皇朝之司直天臺之管轄是也宋書百官志曰晉宋之世
左丞主臺內禁令宗廟祠祀朝儀禮制選用署吏糾諸不
法无所迴避右丞掌臺內庫藏凡諸器物解舍刑獄兵器 自
漢魏以來品皆第六秩四百石梁加品第四秩
六百石出齊職儀及五代史百官志 唐龍朔二年改爲左右肅
務咸亨初復舊 事對 紀綱 管轄蔡質漢官典儀曰尚書左
丞揔典臺中紀綱无所不揔領傳咸荅辛曠詩序曰尚書左丞
彈八座以下居万機之會斯乃皇朝之司直天臺之管轄余前
爲左丞具此職之要後忝
比任僶俛從事日慎一日 司直 準繩司直見管轄注中傳暢諸公讚曰許
奇字[redacted]泰爲尚書 解交 增秩漢官儀云漢制八座丞郎初拜並集都座交禮遷又
左丞有準繩操

解交續漢書云黃香拜尚書左丞功滿 百寮憚 三臺清
當遷和帝詔留增秩後拜尚書遷僕射
王隱晉書曰郄弘始爲尚書郎轉左丞在朝爲百寮所憚後坐
泄事免又曰劉惔字長升爲尚書左丞正色在朝三臺清肅出
兼中丞 彈八座 肅三臺彈八座見管轄注中肅三臺見三臺清注 奏郭奕
彈崔洪王隱晉書曰傳咸爲尚書左丞時尚書郭奕咸故將也累辭疾病不起復不上朝又自表妹塟乞出
臨喪詔書聽許咸舉奏之又曰鄒詵爲尚書左丞推奏吏部尚
書崔洪洪曰舉詵丞而還奏我此謂挽弩自射詵曰趙宣子任
韓厥爲司馬而厥以軍法戮宣子僕崔侯爲国舉才我以才見舉
唯官是視各明至公何故其言乃至於此洪聞而悅服之也
掌威儀 主財用續漢書百官志曰左丞掌録尚書吏人上章百官威儀漢官典儀曰右丞帛僕
射掌稟假錢穀諸財用 詩 梁沈約和左丞庾杲之移病詩歲暮
豈云聊參差憂弁疾匪澣孰能賜持身固无述握蘭空盈把待
漏終不溢囂喧滿眼前簿領紛盈膝安用談天辯徒勞夢賜筆

挂冠若東都山林寧復出

侍郎郎中員外郎第八

敘事 案侍郎隋煬帝置也郎中秦官也員外郎隋文帝置也初西漢置尚書郎四人一人主匈奴單于營部一人主羌夷吏人一人主戶口墾田一人主錢帛貢獻委輸光武分尚書為六曹每一尚書則領六郎凡三十六郎焉秦初置郎中令領諸郎之在中書者而為之令長也漢武改名光祿勳其屬官有三署主官中郎將左中郎將右中郎將凡三署也署中有郎中侍郎無員多至千人分隸三署署主執戟侍宮殿出則充車騎漢因之郎中秩比三百石侍郎比四百石以其為郎居中故曰郎中以其為郎內侍故曰侍郎漢官云尚書郎初從三署郎選詣尚書臺試每一郎缺則試五人先試牋奏初入臺稱郎中滿歲稱侍郎故郎中侍郎之名猶因三署本號也西漢言郎者多非尚書郎唯田蚡少為諸曹郎是也其文帝代馮唐為郎中署長直不疑盜同舍郎金武帝代顏駟為郎三世不遇成帝時揚雄為侍郎及諸言以貲為郎父仕為郎皆三署郎至東漢猶難分有尚書及曹名冠首者即尚書郎直言為郎亦三署郎魏以後即无三署郎自漢以來尚書諸曹郎中侍郎或不兩置或唯置郎中或唯置侍郎然二者亦通為尚書郎漢世兩置有郎中侍郎魏晉宋齊後魏北齊唯有郎中梁陳兩置有郎中侍郎五代史志云梁尚書郎初入臺稱郎中功高者轉為侍郎陳氏依梁制案前代

郎中侍郎兩置者侍郎今郎中之任郎中即今員外郎之任若唯置郎中亦今郎中之任隋文帝開皇
初唯置侍郎亦尚書郎也隋氏諱中不置郎中唯置侍郎爲尚書郎耳尋又每曹
置一員外郎煬帝各於六尚書曹置六侍郎增
品第四以貳尚書之職今六司侍郎其諸曹侍郎直曰
郎除侍字曹別置二郎尋又每曹省一郎而加承
務郎一人當開皇員外之職唐又改爲郎中又
依開皇每曹置一員外郎隋室諱中故直稱郎唐初復曰郎中以上出漢官儀齊職
儀及五代百官志

事對

應宿　觀天華嶠後漢書曰館陶公主爲子求郎不許賜錢千万
明帝謂群臣曰郎中上應列宿非其人則民受其殃王隱晉書
曰樂廣爲尚書郎與何晏鄧颺等談講衛瓘見而奇之曰常恐

微言將絕今復聞之命諸子造焉謂曰此人之
水鏡也每見此人瑩然猶披雲霧而覩青天也

起草　題柱
漢官儀曰尚書郎主作文書起草晝夜更直五日於建礼門内
三輔決録注曰田鳳字季宗爲尚書郎容儀端正入奏事靈帝
目送之因題柱曰堂堂乎張京兆田郎

趨墀　伏省應劭漢官儀曰尚書郎含雞舌香伏奏事黃門
郎對揖跪受故稱尚書郎懷香握蘭趨走丹墀摯虞三輔決録
曰馮豹爲尚書郎每奏事未報常伏省閤下或自昏至明天子
默使人持被覆之忽驚之

持被　護衣持被見伏省注中應劭漢官儀曰尚書郎入直臺廨中給女侍
史二人皆選端正指使從直女侍史執香鑪燒
薰以從入臺中給使護衣服奏事明光殿省中

覆錦　含香蔡質漢官典職曰尚書郎給青縑白綾被或以錦被含香已見趨墀注中

無雙　第一東觀漢記曰黃香知古今記群書无不涉獵兼明圖讖天官星氣鍾
律歷筭窮極道術京師號曰天下无雙国士瞻重京師貴香慕
其聲名更饋衣物拜尚書郎司馬彪續漢書曰胡
廣字伯始奉孝廉試爲天下第一旬月拜尚書郎

三年　五

日 蔡質漢官典職云尚書郎初從三署詣臺試上稱侍尚書郎中滿歲稱尚書郎中三年稱侍郎又曰尚書郎夜更直五日於建礼門内給青縑白綾被或以錦被

哀烏位 明時郎 漢官天文志曰哀烏郎位故明帝云郎官上應列宿郎此也漢官儀云南宮二十五星郎見尚書對揖曰明時郎見二對揖曰左君右君郎

更直 建禮 入奏明光 更直建礼見上起草注入奏明光見上護衣注

兼理兩曹 奏事三世 續漢書曰胡伯始旬月拜尚書郎兼理兩曹轉左丞又曰徐防爲尚書郎性惟周密畏慎在臺閣典職十年奏事三世未嘗有過

詩 陸士衡贈尚書郎顧彥先詩 朝遊之曾城夕息旋直廬迅雷中霄激驚電光夜舒玄雲施朱閣振風薄綺疏豐注益脩霤黃潦浸階除停陰結不解通衢化爲渠沉稼湮梁穎流民泝荆徐眷言懷桑梓无乃將爲魚

梁沈約悼齊故吏部郎謝眺詩 吏部信才傑文鋒振奇響調與金石諧思逐風雲上豈言淩霜質忽隨人所往尺璧爾何冤忽此同丘壤

唐蘇味道在廣州聞崔馬二御史並拜臺郎詩 振鷺齊飛日遷鸞遠聽聞明光共待漏清覽各披雲喜得廊廟峯嗟爲臺閣分故林懷柏悅新握阻蘭薰冠去神羊影車迎瑞雉群遠從南斗外遙仰列星文

沈佺期酬蘇味道玄夏晚寓直省中詩 並命登仙閣分宵直礼闈大官供宿膳侍史護朝衣卷幔天河入披庭月露微小池殘暑退高樹早涼歸冠劍无時釋軒車待漏飛明朝題漢柱三署有光輝

表 梁陸倕拜吏部郎表 銓衡庶品歷選名實阮咸貞素屢薦未登陸亮忠心裁居殿職自非季重清識李毅恬正則何以區分管庫式鑒胥史

〔中書令第九〕

敘事 中書令漢武所置出納帝命掌尚書奏事蓋周官内史之任 周官内史掌王之八柄 初漢武遊宴後庭公卿不得入始用宦者典尚書通掌

圖書章奏之事初秦代少府遣吏四人在殿中主發書謂之尚書尚猶主也漢由之初用士人武帝
改用宦者其後遂罷尚書改置中書謁者令盡用宦
者故沈約宋書百官志云中書本尚書官是也
謝靈運晉志云以其總掌禁中書記謂之中書
漢武時司馬遷被腐刑之後爲中書令則其職
也漢書不言謁者史省文也其官本名曰中書謁者令漢書直云遷爲中書
令是史省文也宣帝時弘恭坐腐刑累遷爲令明習文法勢傾內外然恭死石君防亦坐腐刑代爲令至成帝
置尚書官改中書謁者令所掌非書權要舊任
也蓋直爲禁中宦者之職非掌朝廷要事也故謝靈運晉書云漢成帝

已後無復中書之職是也東漢初亦無其官至
獻帝時魏武爲魏王置祕書令此又中書之任
也以其中書通掌圖書祕記之事故以祕書爲名魏文改祕書令爲中書令
以祕書右丞孫資爲中書令魏晉以來皆置一
人品第三妙選文學通識之士爲之掌主言江
左更重其任多以諸公兼之古者宰相本是三公至魏晉中書令掌王言才
望既重多以諸公兼之近世以來若三公无其人則闕而中書令當宰輔之任近世始專其職隋
文帝改爲內史令置二人隋室諱中依周官改爲內史漢武置中書有令有僕
射宣帝時弘恭爲令石君防爲僕射恭死石代爲令至魏武置祕書令魏文改祕書令左丞爲中書令又置監一人當僕射之

職首以祕書右丞孫資爲中書令左丞劉放爲中書監歷晉宋
齊梁陳北齊後魏皆置中書監位在令上至隋省之故令置二
人焉 煬帝改爲内書令 已上並出漢官及齊職儀并五代史百官志 唐初又
爲内史令武德三年復爲中書令龍朔二年改
爲西臺右相咸亨初復舊光宅初改爲鳳閣内
史神龍初復舊開元初改爲紫微令五年復舊

事對 龍池 雞樹 卞伯玉中書郎詩曰大方信包含優渥遂不已躍鱗龍鳳池揮翰紫宸裏
郭頒魏晉世語曰劉放孫資共典樞要夏侯獻曹肇心内不平
殿中有雞棲樹二人相謂此亦久矣其能復幾指謂中書監劉
放中書令孫資 西掖 右曹 劉楨贈徐幹詩曰誰謂相去遠隔此西掖垣拘此清切禁中情无由宣應
劭漢官儀曰左右曹受尚書事前世文士以中書在右因謂中書爲右曹又稱西掖 紫宸 清禁 紫宸

見龍池注清禁見西掖注 西省 内樞 何法盛晉中興書曰范甯拜中書侍郎專掌西省宋泰始起居
注曰王言之職揔司清要中將軍丹陽尹王景文夙尚弘簡情
度淹粹忠規茂績實宣国道宜兼管内樞以重其任可中書令
掖垣 綸閣 劉楨詩誰謂相去遠隔此西掖垣拘此清切禁中情无由宣禮記曰王言如絲其出如綸
王珉直中書詩云高閣臨雲日險岑仰天居又中書職掌綸誥前代詞人因謂綸閣 雞棲樹 鱗躍
池 雞棲樹見雞樹注鱗躍池見龍池注已上揔載中書省 專車 奪池 曹嘉之晉記曰中書
監令常同車入朝至和嶠爲令而荀勗爲監嶠意強抗專車而
坐乃使監令異車自此始也又曰荀勗自中書監遷尚書令人
賀之勗曰奪我鳳皇池何賀之有 隔坐 奕世 吴録曰紀隲字子上景皇時隲父亮爲尚書令隲爲
中書令每朝會詔以屏風隔其坐宣城記云隔以雲母屏又晉
陽秋曰王獻之爲中書令獻之少而標邁不循常貫爲一時風
流之冠獻之卒以王珉爲中書令世謂之大王令小王令
也珉父治又嘗爲此官珉復繼之時人以爲奕世令望 望士

勝會 檀道鸞晉陽秋曰温嶠上疏曰臣才短學淺文□不
通中書之職酬對无方斟酌輕重豈雅文疏而已自
非望士良才何可妄居斯任累辭□止又王献之
少而標邁不循常貫而最其勝會故爲中書令 典詔命
宣國道 沈約宋書曰傅亮永初元年爲太子詹事中書令直
中書專典詔命宋泰始起居注曰二年詔曰王言之
職揔司清要丹陽尹王景文夙尚弘簡情
度淹粹忠規茂績實宣国道可中書令 叅時務 典史
書 王珉別傳曰珉字季琰詔曰王珉才學廣贍義理精通宜
處樞近以叅時務其以珉長兼中書令晉令曰中書爲詔
令記會時事
典作史書也 立爲頌 共講文 崔鴻後趙録曰徐光字季
武頓丘人幼有文才年十
三王陽攻頓丘掠之而令主秣馬光但書柱作詩賦左右以白
勒勒令召光付紙筆光立爲頌賜衣服遷爲中書令何法盛晉
中興書曰王洽字敬和明帝曰敬和清才貴令皆爲中書
郎吾時尚小數呼見意甚親之令以爲中書令共講文章 貴幸
傾朝 尊寵任職 漢書曰石君防弟弘恭皆少坐腐刑爲
黄門以選爲中尚書宣帝時任中書官

以恭爲令君防爲僕射恭死君防代爲令貴幸傾朝百
寮皆敬事又曰司馬遷腐刑之後爲中書令尊寵任職 才學
廣贍 文旨清遠 才學廣贍見叅時務注檀道鸞晉陽秋
曰肅祖欲以温嶠爲中書令手詔曰卿
以令望忠允之懷著於周旋且文清
而旨遠宜居機密欲即爲中書令 意性調美 情度淹
粹 薛瑩條列吳事曰胡冲意性調美心趣解暢有刀筆閑於
時事爲中書令雖不能匡矯亦自守不苟求容媚情度淹
粹見宣
国道注 表 宋謝莊讓中書令表 臣聞璧門天邃鳳沼
神深絲綸王言出納
帝命自非望允當時耆宣庠塾未有謬秉曲寵空
席茲榮在於平壯猶不可勉況今綿痼百志俱淪

中書侍郎第十

叙事 中書侍郎魏官也案環濟要
略曰中書有令僕射丞郎謂西漢時也又案衛
宏漢舊儀曰漢置中書領尚書匈奴營部一郎

民曹一郎謁者一郎此則中書郎已聞漢代記傳無明文莫知廢置之由矣沈約宋志云魏文黃初初中書置通事郎次黃門郎下黃門郎已署過通事乃署名帝省讀書可晉改通事郎為中書侍郎蓋此始也案魏志明帝詔舉中書郎謂盧毓曰選舉莫取有名有名如畫地作餅不可啖也毓舉韓暨帝用之又司馬宣王辟王伯輿擢為中書侍郎亦明帝時據此中書侍郎起魏代沈約宋書云晉改似謬也東晉又改為通事郎尋復為中書郎以後因之案隋初改中書省為內侍省隋末改為內書監唐初又改為內史省龍朔二年改為西臺光宅初改為鳳閣開元初改為紫微其侍郎各因臺閣改易為名若鳳閣則名鳳閣侍郎其舍人以下皆倣此

事對

躍池 入室 卞伯玉起中書郎詩曰躍鱗龍鳳池何法盛晉中興書曰王濛字仲祖恬暢能言名理善隸書与劉恢為中書郎太宗輔政濛恢並數侍捷對每為入室之賓恢字真長少清峻時人以濛比袁曜卿以恢比荀奉倩

專掌 無對 何法盛晉中興書曰范甯字武子少好學多所通覽拜中書郎專掌四省居職多所献替有益政道王濛別傳曰濛為中書侍郎四年无對又遷司徒左長史少選四人頗滿以濛難以比肩故也

執制 書檄 何法盛晉中興書曰孔演字元舒晉国建与庾亮俱補中書侍郎于時中興肇建庶事草創演經學博通又練職舊典朝儀軌制多取正焉由是元明二年帝親愛之又嵇氏世家曰嵇含為中書郎書檄雲集初不立草

至行 直言 魏志曰明帝詔舉中書郎吏部尚書盧毓曰得其人与否在盧生耳毓舉韓暨有至行帝用之晉中興書曰范甯拜中書侍郎

時烈宗雅好文學而明習五經甚見親愛朝廷擬議輒諮訪之窬指朝士直言无諱

鍾表 **卞詩** 郭須魏晉世語曰司馬景王命中書郎虞松作表再呈不可意令松更定之經時竭思不能改心存形色中書郎鍾會察有憂色問松松以實對會取草視爲定五字松悅服以呈景王景王曰不當爾耶松曰鍾會也王曰如此可大用真王佐才也卞伯玉赴中書詩曰躍鱗龍鳳池揮翰紫宸裏

五字 **片言** 五字見鍾表注陸士衡轉中書侍郎齊王收士衡付廷尉士衡出後謝表曰臣以職在中書制命所出而臣本以筆札見知慮逼迫不獲已乃詐發內妹喪出就第雲哭泣受弔片言隻字文不關其間

難以比肩 **肅然改容** 難以比肩見无對注中宋書裴璝字国寶風神標邁爲中書侍郎出入禁門見者肅然改容

詩 **唐太宗餞中書侍郎來濟詩** 曖曖去塵昏灞岸飛飛輕蓋指河梁雲峯衣結千重葉雪岫花開幾樹芳深悲黃鶴孤舟遠獨歎青山別路長聊制分袂霑襟淚還用持添離席觴

魏劉公幹贈徐幹詩 誰謂相去遠隔此西掖垣所限清切禁中情无由宣思子沉心曲長歎不能言起坐失次第一日三四遷步出北寺門遥見西苑園細柳夾道生方塘含清源輕葉隨風轉飛鳥何翩翩

齊謝玄暉直中書省詩 紫殿肅陰陰彤庭赫弘敞風動万年枝日華承露掌玲瓏結綺錢深沉映珠綱紅藥當階翻蒼苔依砌上玆言翔鳳池鳴珮多清響信美非吾室中園思偃仰朋情以鬱陶春物方駘蕩安得淩風翰聊恣山泉賞

梁沈約悼故中書侍郎王融詩 元長秉奇調弱冠慕前蹤眷言懷祖武一簣望成峯塗艱行易跌命舛志難逢折風落迅羽流恨賦青松

魏知古春夜寓直鳳閣懷羣公詩 拜門傳漏晚寓省索居時昔重安仁賦今稱伯玉詩鴛池滿不溢雞樹久逾滋夙夜懷山甫清風詠所思

韋承慶直中書省詩 清切鳳皇池扶踈雞樹枝唯應集鸞鷺何爲宿鷃雌大造乾坤闢深恩雨露垂鶡鵬既含養駑駘亦驅馳木偶翻爲用芝泥忽濫窺九思空自勉五字本无施徒喜逢千載何階荅二儀螢光向日盡蚊力負山疲禁宇庭除闊閑宵鍾箭移暗花臨戶發殘月下

黨歆白髮隨身改丹心爲主披命將時並秦言疴行俱危寄謝登巢客堯年復在斯

【表】梁庾肩吾爲寧國公讓中書郎表臣聞陟彼太行伯后之車屢息望玆吳坂少游之馬難躋是知美非流水立致攉轅駿靡浮雲便其頓轡起登天漢寧陪九万之風坐濟星橋非使千年之翼豈有幼稱辯慧足對元禮弱標俊穎能朝于叔玉重組長空見休寵深宮邃宇孰知懷憂

中書舍人第十一

【敘事】環濟要略云舍人古官也周禮地官有舍人上士二人舍猶宮也掌宮中之政出廩分財列仙傳曰琴高趙人善鼓琴爲宋康王舍人也史記李斯爲秦宫舍人漢書高祖起豐沛周勃傳亮樊噲皆以舍人從酈食其亦以舍人知宮內事然則中書舍人晉官也自漢置中書無聞其職魏世中書始置通事一人掌呈奏魏明時有通事劉泰是也高

貴鄉公時改爲通事都尉尋又改爲通事侍郎晉初置舍人一人通事一人至東晉合舍人通事二職謂之通事舍人自晉宋以來唯掌呈奏宣王言甚用事至梁用人殊重多以尊官兼領並入閤內始專掌中書詔誥自魏晉詔誥皆中書令中書侍郎掌之至梁始舍人爲之裴子野嘗以鴻臚卿兼領通事舍人其後除通事二字直曰中書舍人陳及北朝皆因之掌制詔陳及後魏又別置通事舍人掌宣奏北齊唯置中書舍人兼掌宣奏隋又別置通事舍人專掌宣奏隋及唐皆隨臺省爲名並內史省則曰內史舍人云並出齊職儀及五代史百官志

【事對】

忠慎 儒素 晉中興書曰劉超字世踰遷中書舍人時臺省初建內外多事超出納書命以忠慎稱理
身清苦衣不重帛 又曰徐邈字景山以東州儒素坐好學尤善
經傳烈宗始覽典籍招延禮學之士後將軍謝安舉邈應選補
中書舍人專在西省撰正五經音訓學者宗之 預顧問 多
每預顧問輒有獻替多所補益烈宗甚愛之
補益 預顧問及多補益並見上儒素注中 出書命 善經傳 出書命見忠慎注中善經
傳見儒素注中 掌文法 主呈奏 荀勗集曰晉武帝時門下啓令史伊羡趙咸爲中書舍人對掌
文法勗奏以爲不可百官志曰魏初中書置通事一人主呈奏
晉初中書又置舍人一人至東晉合通事及舍人二職謂之通
事舍人猶掌呈奏 合二職 由四戶 合二職見主呈奏注蕭景暢齊書云永明元年熒惑入紫
微時中書通事舍人四人各注一戶謂之四戶既揔重權勢傾
天下會玄象失度太史奏云宜脩福禳之太尉王儉謂帝曰天
文乖忤此由四戶仍其舍人王文明等各奏之至
梁除通事二字直曰中書舍人掌文翰猶兼呈奏 詩 唐上

官儀酬薛舍人萬年宮晚景寓直懷友詩 奕奕九成
臺窈窕絶塵埃蒼蒼万年樹玲瓏下營霧池色搖晚空巖光歛
餘煦清切丹禁靜浩蕩文河注留連窮勝記風期睽善謔東望
安仁省西臨子雲閣長嘯披煙霞高步尋蘭若金狄掩通門彫
鞍歸騎喧燕餘對明月制艶促芳樽别有青山路策杖訪王孫
張文琮和陽舍人詠中書省花樹詩 華蕚映芳叢參差間早紅
因風時落砌雜雨乍浮空影照鳳池水
香飄雞樹風豈不愛攀折希君懷袖中 徐彦伯贈劉舍
人古意詩 支林閟靈鳥文章世所希巢君碧梧樹舞君青瑣
闈或言鳳池樂撫翼更西飛鳳池環禁林仙閣霧
沉沉琁題激流目珠綴綿清陰郁穆帝言重熒煌台座深鳳張
丹虎翮月弄素琴音雙彩結不散孤英歧莫尋浩歌在西省經
傳恣
潛心

初學記卷第十一